Horas italianas

Henry James

Horas italianas

TRADUÇÃO
Júlio Castañon Guimarães

autêntica

Copyright © 2013 Autêntica Editora

TÍTULO ORIGINAL
Italian Hours

TRADUÇÃO
Júlio Castañon Guimarães

PREPARAÇÃO
Beatriz de Almeida Magalhães

CAPA E PROJETO GRÁFICO
Diogo Droschi
(Sobre imagem de David Sidry)

DIAGRAMAÇÃO
Christiane Morais

REVISÃO
Cecília Martins

EDITORA RESPONSÁVEL
Rejane Dias

Revisado conforme o Acordo Ortográfico da Língua Portuguesa de 1990, em vigor no Brasil desde janeiro de 2009.

Todos os direitos reservados pela Autêntica Editora. Nenhuma parte desta publicação poderá ser reproduzida, seja por meios mecânicos, eletrônicos, seja via cópia xerográfica, sem a autorização prévia da Editora.

AUTÊNTICA EDITORA LTDA.
Belo Horizonte
Rua Aimorés, 981, 8º andar . Funcionários
30140-071 . Belo Horizonte . MG
Tel.: (55 31) 3214 5700

São Paulo
Av. Paulista, 2.073 . Conjunto Nacional
Horsa I . 23º andar . Conj. 2301
Cerqueira César . 01311-940 . São Paulo . SP
Tel.: (55 11) 3034 4468

Televendas: 0800 283 1322
www.autenticaeditora.com.br

Dados Internacionais de Catalogação na Publicação (CIP)
(Câmara Brasileira do Livro, SP, Brasil)

James, Henry, 1843-1916
  Horas italianas / Henry James; tradução de Júlio Castañon Guimarães. – Belo Horizonte : Autêntica Editora, 2013.

  Título original: Italian Hours
  ISBN 978-85-65381-57-4

  1. Itália - Turismo 2. Viagens - Narrativas pessoais 3. Viajantes - Escritos I. Título

11-14359   CDD-914.5632

Índices para catálogo sistemático:
1. Itália : Crônicas de viagem 914.5632
2. Itália : Viagens : Crônicas 914.5632

Nota do tradutor

Henry James, conhecido sobretudo por sua excepcional obra de ficção, escreveu numerosos textos sobre viagens que fez e sobre diferentes lugares onde morou, do que resultou a organização de alguns livros, como *A Little Tour in France* (1884). Todavia, a Itália é que foi seu interesse especial, tendo sido o destino de várias viagens a partir de 1869. Sabe-se que a viagem à Itália se constituiu ao longo dos séculos num tema que ocupou muitos grandes autores de várias nacionalidades – Chateaubriand, Goethe, Stendhal, Brodsky, Sartre. Integrantes assim de uma rica tradição, os trabalhos de Henry James sobre a Itália podem ser considerados como verdadeiros ensaios. Foram escritos ao longo de mais de três décadas, tendo sido publicados de modo esparso em periódicos e em diferentes livros do próprio autor, como *Transatlantic Sketches* (1875) e *Portraits of Places* (1883), para finalmente serem reunidos no volume *Italian Hours* (1909). Este livro publicado pela Autêntica é constituído por uma seleção desse material, feita a partir do conjunto coligido em *Italian Hours*.

Embora pudessem permitir uma expectativa diferente, essas páginas de viagem apresentam características de estilo, às vezes bastante complexo, similares às das demais obras Henry James, ainda que se possa perceber nesse aspecto diferenças entre alguns dos textos, o que pelo menos em parte se deve ao fato de datarem de épocas distintas. Se a Itália está presente em muitas das obras de ficção de Henry James, os trabalhos que abordam a arte italiana relacionam-se também com a parte crítica de sua produção, sobretudo com a crítica de arte. A narrativa dos fatos relativos aos deslocamentos e à instalação nas diferentes cidades, bem como, em particular, a exposição de aspectos do modo de vida local são partes importantes desses textos, que se estendem também sobre as paisagens ao longo dos percursos e nos arredores das cidades. Neles, porém, fica evidente que o principal foco de interesse são as obras de arte e a arquitetura, objeto de admiráveis comentários e descrições, cheios de erudição e humor.

9 Veneza

37 O Grande Canal

59 Veneza: uma primeira impressão

71 Itália revisitada

101 Férias romanas

121 De uma caderneta romana

141 Siena cedo e tarde

163 Notas florentinas

Veneza

Veneza

É um grande prazer escrever essa palavra, mas não estou seguro de que não haja certo atrevimento em pretender acrescentar-lhe algo. Veneza foi pintada e descrita muitos milhares de vezes, e de todas as cidades do mundo é a mais fácil de visitar sem ir lá. Abra o primeiro livro e você encontrará uma rapsódia sobre ela; entre no primeiro negociante de quadros e você encontrará três ou quatro "vistas" da cidade em cores vivas. Sabidamente nada mais há a dizer sobre o assunto. Todo mundo já esteve lá, e todo mundo levou ao partir uma coleção de fotografias. Há tão pouco mistério em torno do Grande Canal quanto na rua perto de nós, e o nome São Marcos é tão familiar quanto a campainha do carteiro. Todavia, não é proibido falar de coisas familiares, e penso que para o verdadeiro apaixonado por Veneza a cidade está sempre na ordem do dia. Certamente nada há de novo a dizer sobre ela, mas o velho é melhor do que qualquer novidade. Seria de fato triste o dia em que houvesse algo de novo a dizer. Escrevo estas linhas com a plena consciência de não ter qualquer informação a oferecer. Não pretendo instruir o leitor; pretendo apenas oferecer um incentivo a sua memória; e considero suficientemente justificado o escritor que estiver apaixonado por seu tema.

I

Ruskin, é bem verdade, a abandonou, mas somente depois de extrair dela uma meia vida de prazer e um incomensurável volume de fama. Todos podemos fazer o mesmo, depois de ela nos ter servido de nossa vez, o que provavelmente não deixará de fazer por muitos anos ainda. Entretanto, é Ruskin que, mais que qualquer outro, nos ajuda a usufruir dela. É fato que ultimamente ele produziu vários incentivos para o desalento sob a forma de certos livretos humorados – mal-humorados – (a série *St. Mark's Rest*) que desenvolvem suas últimas reflexões sobre o tema de nossa cidade e descrevem as últimas atrocidades aí perpetradas. Estas são numerosas e profundamente deploráveis, mas admitir que estragaram Veneza seria admitir que Veneza pode ser estragada – um reconhecimento carregado, parece-nos, de deslealdade. Felizmente pode-se reagir contra o contágio ruskiniano, e uma hora da laguna vale uma centena de páginas de prosa desorientadora. Essa estranha prosa tardia de Ruskin (incluindo a edição revista e condensada de *Stones of Venice*, de que apenas um pequeno volume foi publicado, ou ficará sendo o único a ser publicado) deve ser toda lida, embora muito dela pareça dirigida a crianças de tenra idade. Está como que afinada para crianças, e se poderia pensar que provém de uma governanta irritada. É, todavia, bastante sugestiva, e boa parte é encantadoramente correta. Há nela uma inconcebível carência de forma, embora o autor tenha passado a vida a formular princípios de forma e a repreender as pessoas por se afastarem deles, mas vibra e cintila com o amor por seu tema – um amor desconcertado e abjurado, mas que ainda tem muito da força da inspiração. Veneza, em meio às muitas coisas estranhas que lhe aconteceram, teve a boa sorte de se tornar objeto da paixão de um homem de esplêndido talento, que a fez sua e, ao fazê-lo, fez com que fosse do mundo. Não há melhor leitura em Veneza, portanto, do que Ruskin, pois todo autêntico apaixonado por Veneza pode separar o trigo do joio. O estreito espírito teológico, o moralismo *à tout propos*[1], os estranhos provincianismos e puritanismos são apenas ervas daninhas em uma montanha de flores. Pode-se sem dúvida ser muito feliz em Veneza sem qualquer leitura – sem criticar ou analisar ou se entregar a um pensamento tenaz. Trata-se de uma cidade em que, suspeito eu, há muito pouco pensamento tenaz, e no entanto é uma cidade em que deve haver quase tanta felicidade quanto sofrimento. O sofrimento de

---

[1] Em francês no original, "a todo momento", "propósito de tudo". (N.T.)

Veneza está ali para todo o mundo ver; faz parte do espetáculo – um rematado devoto da cor local poderia coerentemente dizer que faz parte do prazer. O povo veneziano tem pouco para chamar de seu – pouco mais do que o indisfarçado privilégio de passar suas vidas na mais bela das cidades. Suas habitações estão deterioradas; seus impostos são pesados; seus bolsos leves; suas oportunidades poucas. Tem-se a impressão, porém, de que a própria vida se apresenta a eles com atrações não contabilizadas nessa pobre série de vantagens, e que têm melhor relação com ela do que muitas pessoas que fizeram melhor negócio. Eles ficam ao sol; molham-se no mar; usam farrapos claros; fazem cuidadas poses; participam de uma eterna *conversazione*. Não é fácil dizer que se gostaria que fossem diferentes do que são, e certamente faria uma imensa diferença se fossem mais bem alimentados. É dolorosamente grande o número de pessoas em Veneza que evidentemente nunca tiveram o suficiente para comer, mas seria mais doloroso se também não percebêssemos que a rica sensibilidade veneziana pode desabrochar com a porção dada a um cachorro. A natureza foi generosa com ela, e a luz do sol e o lazer e a conversa e as belas vistas formam a maior parte de sua nutrição. Custa muito produzir com êxito um americano, mas produzir um veneziano feliz custa apenas uma porção de viva sensibilidade. O povo italiano tem de imediato a boa e a má sorte de ter consciência de poucas carências; assim, se a civilização de uma sociedade é medida pelo número de suas necessidades, como parece ser a opinião corrente hoje, deve-se temer que os filhos da laguna figurem mal em um conjunto de quadros comparativos. É o modo como se esquivam de seu sofrimento, e não o próprio sofrimento, que agrada ao turista sentimental, que fica encantado com a visão de uma bela raça que vive com a ajuda de sua imaginação. O modo de usufruir Veneza é seguir o exemplo dessas pessoas e aproveitar ao máximo prazeres simples. Quase todos os prazeres do lugar são simples; isso pode ser sustentado mesmo sob a imputação de paradoxo engenhoso. Não há prazer mais simples do que olhar para um belo Ticiano, a não ser olhar para um belo Tintoretto ou passear em São Marcos – é abominável o modo como se cai no hábito – e descansar na escuridão sem janelas os olhos cansados de luz, ou flutuar em uma gôndola, ou debruçar-se em um balcão, ou tomar um café no Florian. É desses passatempos superficiais que um dia veneziano se compõe, e o prazer está nas emoções que proporcionam. Estas são felizmente das mais apuradas – de outro modo Veneza seria insuportavelmente aborrecida. Ler Ruskin é bom; ler os antigos relatos talvez seja melhor, mas o melhor de tudo é simplesmente estar ali. O único modo de você apreciar Veneza como ela merece é dar a ela a oportunidade de tocá-lo com frequência – deixar-se ficar e permanecer e voltar.

II

O perigo é que você não se deixará ficar o suficiente – perigo de que o autor destas linhas conhecera um pouco. É possível não gostar de Veneza, e nutrir o sentimento de modo responsável e inteligente. Há viajantes que consideram o lugar odioso, e os que não têm essa opinião com frequência se veem desejando que os outros fossem até mais numerosos. A única disputa do turista sentimental com sua Veneza é que ele tem aí competidores em excesso. Ele gosta de estar só; de ser original; de ter a aparência (para ele, pelo menos) de que faz descobertas. A Veneza de hoje é um vasto museu onde a portinhola pela qual você entra está permanentemente em movimento e rangendo, e você avança pela instituição com um rebanho de companheiros de observação. Não resta nada para ser descoberto ou descrito, e uma originalidade de atitude é completamente impossível. Isso é em geral muito incômodo; você não tem outra coisa a fazer a não ser voltar as costas para seu impertinente companheiro e xingar sua falta de delicadeza. Mas isso não é culpa de Veneza; é culpa do resto do mundo. A culpa de Veneza é que, embora ela seja fácil de admirar, viver com ela não é tão fácil quanto a vida que se espera levar em outros lugares. Depois de uma semana de permanência e de ter-se dissipado a floração da novidade, você se pergunta se você pode se adaptar às condições peculiares. Seus velhos hábitos se tornam impraticáveis, e você se vê obrigado a formar novos hábitos de tipo indesejável e inútil. Você se cansou da sua gôndola (ou pensa que se cansou) e já viu todas as principais pinturas e ouviu os nomes dos palácios anunciados uma dúzia de vezes por seu gondoleiro, que os apresenta de modo tão imponente como se fosse um mordomo inglês proclamando em alta voz títulos em uma sala de recepção. Você andou várias centenas de vezes em torno da Piazza e comprou pilhas de fotografias. Você visitou os antiquários cujos horríveis letreiros desonram algumas das mais grandiosas vistas do Grande Canal; você tentou a ópera e a achou muito ruim; você se banhou no Lido e descobriu que a água era rasa. Você começou a ter a sensação de estar a bordo de um navio – a ver a Piazza como um enorme salão e a Riva degli Schiavoni como um convés superior. Você está obstruído e enjaulado; seu desejo de espaço não é satisfeito; você sente falta de seu exercício habitual. Tenta fazer um passeio e fracassa, e nesse ínterim você passa a olhar sua gôndola como uma espécie de berço de criança ampliado. Você não tem vontade de ser balançado para dormir, embora, enquanto olha para a rasa laguna, seja mantido suficientemente desperto pela irritação que lhe causa a atitude do perpétuo gondoleiro, com os pés virados para fora, o queixo projetado, a remada absurdamente não científica. Os canais têm um cheiro horrível, e a eterna Piazza, onde você olhou repetidas vezes para cada artigo de cada vitrine e achou todos desprezíveis, onde os jovens venezianos que vendem braceletes de contas e "panoramas" estão permanentemente lhe empurrando suas mercadorias, onde os mesmos oficiais firmemente abotoados estão para sempre sugando os mesmos charutos negros, nas mesmas mesas vazias, em frente dos mesmos cafés – a Piazza, como digo, se reduziu a uma magnífica rotina. Esse é o estado de espírito daqueles inquiridores superficiais que acham Veneza ótima para uma semana; e se nesse estado de espírito você vai embora, você age com uma precipitação fatal. Além do mais, a perda é só sua; não se trata – com toda deferência a seus atrativos pessoais – de uma perda para seus companheiros que ficam para trás, pois, embora haja algumas coisas desagradáveis em Veneza, não há nada tão desagradável quanto os visitantes. As condições são peculiares, mas a intolerância que você tem em relação a eles se dissipa antes que ela tenha tido tempo de se transformar em preconceito. Depois de ter pedido a conta para ir embora, pague-a e fique, e você descobrirá no dia seguinte que você está profundamente ligado a Veneza. É vivendo aí, no dia a dia, que você sente a plenitude do encanto de Veneza, que você convida a refinada influência da cidade a penetrar em seu espírito. A criatura varia como uma mulher nervosa, que você conhece só quando conhece todos os aspectos de sua beleza. Segundo o clima ou a hora, ela está de bom humor ou mau humor, é pálida ou vermelha, cinza ou rosa, fria ou quente, fresca ou abatida. É sempre interessante e quase sempre triste, mas tem mil graças ocasionais e está sempre propensa a felizes acidentes. Você se torna extraordinariamente apaixonado por essas coisas; você conta com elas; fazem parte de sua vida. Você se torna ternamente apaixonado; há algo indefinível nessas profundezas de conhecimento pessoal que gradualmente se estabelecem. O lugar parece personificar-se, tornar-se humano e sensível e consciente de sua afeição. Você deseja abraçá-la, acariciá-la, possuí-la; e por fim se desenvolve uma delicada sensação de posse, e sua visita se torna um permanente caso de amor. É bem verdade que se você vai, como o autor destas linhas foi em certa ocasião, em meados de março, alguma dose de desapontamento é possível. Ele não a visitou por vários anos, e no intervalo a bela e desamparada cidade sofrera um aumento de danos. Os bárbaros têm o pleno domínio, e você treme pelo que podem fazer. Ocorre-lhe, desde o momento de sua chegada, que Veneza não existe mais como cidade; que existe apenas como um espetáculo e um mercado maltratados. Havia uma horda de selvagens alemães acampados na Piazza, e enchiam o Palácio Ducal e a Academia com seu vozerio. Ingleses e americanos chegaram um pouco depois. Vieram no devido tempo, com muitos franceses, que, suficientemente discretos, faziam longuíssimas refeições no Caffè Quadri, durante as quais estavam fora dos percursos. Os meses de abril e maio de 1881 não foram, de modo geral, um período favorável para visitar o Palácio Ducal e a Academia. O *valet-de-place*[2] os havia escolhido para ele próprio e tomara posse triunfante deles. Ele comemora seus triunfos com uma voz terrivelmente estridente, que ressoa por todo o lugar, e tem, independentemente da língua que está falando, o sotaque de algum outro idioma. Durante todos os meses de primavera em Veneza as pessoas dessa linhagem abundam nos locais mais importantes, e guiam seus desamparados cativos por igrejas e museus em densos e despreocupados grupos. Infestam a Piazza; você é perseguido por eles ao longo da Riva; ficam parados nas pontes e nas portas dos cafés. Ao dizer há pouco que inicialmente estava desapontado, eu tinha em mente sobretudo a impressão que me assalta hoje em todo o espaço de

---

[2] Termo francês, hoje raro, equivalente a "guia turístico". (N.T.)

São Marcos. O estado desse antigo santuário é seguramente um grande escândalo. Ambulantes e agentes exercem sua atividade – em geral nada limpa – na própria porta do templo; seguem você pela entrada até a obscuridade sagrada, e puxam sua manga, e sibilam em seu ouvido, brigando uns com os outros pelos fregueses. Há muito desrespeito em relação a toda São Marcos, e se Veneza, como eu disse, se tornou um grande mercado, esse esplêndido edifício é agora sua maior barraca.

III

É tratada de todos os modos como uma barraca, e se de algum modo nela não houvesse um grande espírito de solenidade, o viajante logo teria pouca justificativa para olhá-la como uma coisa religiosa. A restauração das paredes externas, que recentemente tem sido tanto atacada quanto defendida, constitui certamente um grande choque. Quanto à necessidade do trabalho, somente um especialista, suponho eu, está em condição de julgar, mas não há dúvida de que, se há necessidade, é uma necessidade que deve ser profundamente lamentada. A nenhuma necessidade mais lamentável as pessoas de gosto tiveram ultimamente de se resignar. Onde quer que a mão do restaurador tenha se posto, toda semelhança de beleza se desfez, o que é um triste fato, considerando-se que a beleza externa de São Marcos ao longo dos tempos só era menos impressionante do que a do interior, comparativamente ainda menos prejudicado. Não sei qual é a medida da necessidade em tal caso, e esta parece ser de fato uma questão muito delicada. Hoje, de qualquer maneira, essa admirável harmonia de mosaicos e mármores desbotados que, ao olho do viajante que emerge das estreitas ruas que conduzem à Piazza, enchia toda sua extremidade com uma espécie de deslumbrante presença prateada – hoje essa admirável visão está de certo modo para ser completamente reformada e de fato quase abolida. A antiga suavidade e brandura da cor – trabalho de tranquilos séculos e do sopro do mar salgado – está dando lugar a grandes manchas cruas de novo material, que têm o efeito de uma monstruosa doença mais do que de uma recuperação da saúde. Parecem borrões de tinta vermelha e branca e ignóbeis nódoas de giz no rosto de uma nobre matrona. A face que dá para a Piazzetta é em especial a coisa com mais aspecto de novo concebível

– tão novo quanto um novo par de botas ou como o jornal da manhã. Não declaramos, porém, empreender uma disputa científica com essas mudanças; admitimos que nossa queixa é puramente sentimental. A marcha da indústria na Itália unificada deve sem dúvida ser encarada como um todo, e devemos esforçar-nos para acreditar que é através de numerosos deslizes de gosto que esse país profundamente interessante busca seu caminho para um lugar entre as nações. No presente, não há como negar, certas fases estranhas do processo são mais visíveis do que o resultado, e para chegar a este parece necessário que, como ela foi no passado uma devota apaixonada do belo, ela hoje deva queimar tudo o que havia adorado. Sem dúvida é muito cedo para julgá-la, e há momentos em que se deseja perdoar-lhe até mesmo a restauração de São Marcos. Na parte interna, também tem havido uma tentativa digna de nota de tornar o lugar mais arrumado, mas o efeito geral, até agora, não sofreu seriamente. Lembro-me principalmente do alinhamento do antigo piso escuro e irregular – essas profundas ondulações de mosaico primitivo em que o espectador amoroso supostamente perceberia uma intencional semelhança com as ondas do oceano. Se intencional ou não, a analogia era uma imagem a mais em um tesouro de imagens, mas de uma porção considerável da igreja ela agora desapareceu. Na maior parte de fato o piso permanece como gerações recentes o conheceram – escuro, rico, rachado, desigual, com trechos de pórfiro e malaquita escurecida pelo tempo, polido pelos joelhos de inúmeros fiéis, mas em outras largas faixas a ideia imitada pelos restauradores é a do oceano em calmaria, e o modelo que tomaram foi o do piso de um clube de Londres ou de um hotel de Nova York. Acho que nenhum veneziano e quase nenhum italiano se importa muito com tais diferenças; e quando, há um ano, havia na Inglaterra pessoas que estavam escrevendo ao *Times* sobre o assunto e que realizavam reuniões para protestar contra a situação, os queridos filhos da laguna – até onde tomaram conhecimento do rumor ou a ele prestaram atenção – as consideravam em parte intrometidas e em parte estúpidas. Intrometidas sem dúvida eram, mas tiveram uma boa dose de trabalho desinteressado. Nunca ocorre ao espírito veneziano de hoje que um trabalho desse tipo possa valer a pena; o espírito veneziano não consegue conceber um estado de existência em que questões pessoais são tão insípidas que as pessoas têm de procurar motivos de queixas nos desacertos de tijolo e mármore. Não devo, porém, falar de São Marcos como se eu tivesse a pretensão de oferecer uma descrição dela, ou como se o leitor desejasse essa descrição. O leitor já foi muito bem servido. Certamente se trata do edifício mais bem descrito do mundo. Abra *Stones of Venice*, abra *Italia* de Théophile Gautier, e você verá. Esses escritores tratam do assunto muito seriamente, e é somente porque há outro modo de fazê-lo que me aventuro a falar dela – o modo que se oferece depois que você se encontra em Veneza há alguns meses, e a luz está quente na grande Praça, e você chega a ela sob os pórticos retratados com uma sensação de hábito e amizade, e um desejo de algo fresco e escuro. Há momentos, afinal, em que a igreja está comparativamente tranquila e vazia, e em que você pode sentar-se ali com uma fácil consciência de sua beleza. A partir do momento, naturalmente, em que você entra em uma igreja italiana por qualquer razão que não seja dizer suas orações ou olhar as mulheres, você se alinha entre as tropas de bárbaros de que falei há pouco; você trata o lugar como um orifício no *peep-show*[3]. Contudo, alimentar os próprios olhos com a cor liquefeita que cai das abóbadas vazias e espessa o ar com sua riqueza é quase uma função espiritual – ou, no pior dos casos, uma função amorosa. Tudo é tão tranquilo e triste e desbotado, e no entanto tudo é tão brilhante e vivo. As estranhas figuras nos mosaicos, inclinando-se com a curva do nicho e da abóbada, olham fixamente para baixo através da obscuridade cintilante; o ouro polido que fica por trás capta a luz em seus pequenos cubos desiguais. São Marcos nada deve de seu caráter à beleza da proporção ou da perspectiva; não há nada em grandioso equilíbrio nem grandes arcos; não há longas linhas nem triunfos da perpendicular. A igreja de fato tem abóbadas, mas como uma caverna sombria. Beleza da superfície, da tonalidade, do detalhe, de coisas próximas o suficiente para serem tocadas e sobre elas se ajoelhar e se apoiar – é disso que provém o efeito. Desse tipo de beleza o lugar é incrivelmente rico, e você pode ir lá todo dia e encontrar de novo algum secreto recanto visual. É um tesouro de pedaços, como os pintores dizem; e geralmente há três ou quatro dessa fraternidade com seus cavaletes instalados em incerto equilíbrio no piso ondulado. Não é

---

[3] Termo inglês que designa "uma apresentação de imagens vistas através de uma lente ou orifício em uma caixa ou máquina". (N.T.)

fácil apreender a aparência real de São Marcos, e essas louváveis tentativas de retrato são passíveis de parecer lúgubres ou lívidas. Mas se você não pode pintar as antigas lajes de mármore de aspecto instável, os grandes painéis de basalto e jaspe, os crucifixos cuja solitária angústia parece mais profunda na luz vertical, os tabernáculos cujas portas abertas revelam uma escura imagem bizantina cravejada de pedras preciosas foscas e deformadas – se você não pode pintar essas coisas, você pode pelo menos se apaixonar por elas. Você se apaixona até mesmo pelos velhos bancos de mármore vermelho, desgastados em parte pelos traseiros de muitas gerações e presos à base dessas largas pilastras cujo precioso revestimento, encantador em seu marrom esmaecido, com um brilho cinza desmaiado, abaúla-se e boceja um pouco com sua venerável idade.

IV

Mesmo no início, quando era mais aguda a incômoda sensação da cidade dos doges reduzida a ganhar a vida como uma loja de curiosidades, era prazeroso instalar-se na Riva Schiavoni e olhar para a laguna tremeluzindo até ao longe. Era prazeroso de fato simplesmente chegar ao lugar e observar os estranhos incidentes de uma instalação em Veneza. Muitas pessoas contribuem indiretamente para esse empreendimento, e é surpreendente como elas se jogam sobre você durante seu noviciado para lembrar-lhe que estão ligadas de alguma misteriosa maneira à constituição de seu pequeno domicílio. Era um interessante problema identificar a sutil conexão existente entre a sobrinha da proprietária e a ocupação do quarto andar. Superficialmente não era nada visível, na medida em que a jovem em questão era uma dançarina no teatro Fenice – ou, quando este estava fechado, no Rossini – e deveria estar supostamente absorvida por suas obrigações profissionais. Foi necessário, no entanto, que ela rondasse pelo prédio com uma jaqueta de veludo e um par de luvas pretas de pelica com um pequeno botão branco, como também que aplicasse uma espessa camada de pó no rosto, que tinha uma encantadora forma oval e uma suave e frágil expressão, como a da maioria das jovens venezianas, que em geral – não se tratava de uma peculiaridade da sobrinha da proprietária – gostam de se lambuzar de farinha. Você logo reconhece que não é apenas a laguna reluzente que você vê de uma habitação na Riva; você vê um pouco de tudo o que é veneziano. Logo do outro lado, diante de minhas janelas, erguia-se a grande massa rosa de San Giorgio Maggiore, que constitui, para uma feia igreja palladiana, um sucesso inesperado. É um sucesso pela posição, pela cor, pelo imenso campanário separado, coroado por um grande anjo dourado. Não sei se é porque San Giorgio é tão grandiosamente evidente, com uma grande quantidade de alvenaria de tijolos gastos e aparência desbotada, mas para muitas pessoas é como se todo o lugar estivesse imerso na cor rosa. Indagados sobre qual é a principal cor da harmonia veneziana, deveríamos inveteradamente dizer "Rosa", e ainda sem lembrar afinal que esse elegante matiz ocorre com muita frequência. Trata-se de um rosa desmaiado, tremeluzente, etéreo, aguado; a brilhante luz do mar parece inflamar-se com ele, enquanto o verde pálido e esbranquiçado da laguna e do canal parece dar-lhe de beber. Há de fato uma grande quantidade muito evidente de tijolos, que nunca têm cor fresca ou viva, mas sempre apagada, por assim dizer, sempre delicadamente suave.

    Pequenas imagens mentais surgem perante o colecionador de lembranças diante da simples menção, escrita ou falada, aos lugares de que ele gostou. Quando ouço, quando vejo o nome mágico que escrevi no início destas páginas, não é na grande Praça que penso, com sua estranha basílica e suas altas arcadas, nem na larga embocadura do Grande Canal, com os imponentes degraus e a cúpula equilibrada da Salute; não é na rasa laguna, nem na doce Piazzetta, nem nos recantos escuros de São Marcos. Vejo simplesmente um estreito canal no coração da cidade – uma mancha de água verde e uma superfície de parede rosa. A gôndola se move lentamente; muda serenamente de direção, passa sob uma ponte, e o grito do gondoleiro, lançado sobre a água tranquila, cria uma espécie de espadana na tranquilidade. Uma jovem cruza a pequena ponte, cujo arco parece o dorso de um camelo, com um antigo xale na cabeça, que a faz característica e encantadora; você a vê contra o céu enquanto flutua embaixo. O rosa da antiga parede parece preencher todo o lugar; afunda até mesmo na água opaca. Por trás da parede há um jardim, de onde o longo braço de uma rosa de junho branca – as rosas de Veneza são esplêndidas – se projetou como ornamento espontâneo. Do outro lado dessa pequena via aquática há uma grande fachada em mau estado com janelas e balcões góticos

– balcões em que estão penduradas roupas sujas e sob os quais uma entrada com aspecto cavernoso se abre depois de um baixo lance de lodosos degraus na água. Está muito quente e silencioso, o canal tem um cheiro estranho, e todo o lugar é encantador.

É um trabalho inútil, porém, falar da cor das coisas em Veneza. O espectador apaixonado está permanentemente olhando de sua janela para ela, quando não está flutuando por ela com essa deliciosa sensação de momentaneamente ser parte dela, sensação que qualquer homem em uma gôndola tem a liberdade de cultivar. As janelas e os balcões venezianos são uma terrível tentação, e enquanto você apoia os cotovelos nessas beiradas almofadadas as horas preciosas fogem. Na verdade, porém, Veneza, quando se tem um belo tempo, não é um lugar para a concentração do espírito. O esforço exigido para sentar a uma mesa de escrever é heroico, e a mais reluzente página de manuscrito parece insípida ao lado do brilho do *milieu*[4]. Toda a natureza chama por você e lhe murmura sofisticamente que tais horas deveriam ser dedicadas a colecionar impressões. Depois, em lugares feios, em épocas não privilegiadas, você pode converter suas impressões em prosa. Felizmente para este prosador o tempo não estava sempre bom; o primeiro mês foi chuvoso e com muito vento, e era melhor julgar a coisa a partir de uma janela aberta do que atender às propostas de persuasivos gondoleiros. Mesmo assim a vista permitia uma distração constante. Era toda numa cor fria, e o piso cinza metálico da laguna era batido a contrapelo pelo vento. Havia também encantadores intervalos menos frios, quando as igrejas, as casas, os barcos de pesca ancorados, toda a delicada linha curva da Riva pareciam estar lavados com um branco pérola. Mais tarde tudo se tornava quente – quente para o olho assim como para os outros sentidos. Depois de meados de maio, todo o lugar estava incandescente. O mar revestiu-se de mil matizes, que eram apenas infinitas variações de azul, e aquelas paredes rosadas de que há pouco falei começaram a resplandecer sob a densa luz do sol. Todas as manchas de cor, todos os trechos de estuque manchados pelo tempo, todos os vislumbres de jardim escondido ou borrão de céu acima de uma *calle*[5] começavam a brilhar e faiscar – começavam, como dizem

---

[4] Em francês no original, "meio". (N.T.)

[5] Termo que designa, no dialeto vêneto, "rua". (N.T.)

os pintores, a "compor". A laguna era riscada por correntes estranhas, que jogavam através dela como marcas de dedo imensas e leves. As gôndolas se multiplicavam e marcavam a laguna por toda parte; cada gôndola e cada gondoleiro pareciam, a distância, precisamente todas as outras gôndolas e todos os outros gondoleiros.

Há algo de estranho e fascinante nessa misteriosa impessoalidade da gôndola. Ela tem uma identidade quando você está nela, mas não tem nenhuma, ou tão pouco quanto possível, quando a vê passar diante de você, graças ao fato de terem todas o mesmo tamanho, a mesma forma e a mesma cor, e de terem o mesmo comportamento e a mesma marcha. Diante de minhas janelas na Riva, havia sempre a mesma silhueta – o longo, negro e esbelto esquife, erguendo a cabeça e jogando-a para trás um pouco, movendo-se, mas parecendo não se mover, trazendo na popa uma figura grotescamente graciosa. Essa figura se inclina ou mais para o gracioso ou mais para o grotesco – ficando na "segunda posição" do mestre de balé, mas se entregando da cintura para cima a uma liberdade de movimento que este funcionário desaprovaria. Pode-se dizer de modo geral que há algo de desajeitado no movimento mesmo do mais gracioso gondoleiro, e algo gracioso no movimento do mais desajeitado. Nos homens graciosos naturalmente a graça predomina, e nada pode ser mais belo do que o amplo e firme modo como, de sua posição vantajosa, eles se lançam sobre seu formidável remo. Este tem a firmeza de um pássaro em mergulho e a regularidade de um pêndulo. Às vezes, quando você vê esse movimento de perfil, numa gôndola que passa por você – vê, enquanto você se reclina em suas baixas almofadas, o corpo em arco do gondoleiro erguido contra o céu –, ele tem uma espécie de nobreza que sugere uma imagem de friso grego. O gondoleiro em Veneza é seu grande amigo – se você o escolher adequadamente –, e da condição desse personagem depende grande parte de suas impressões. Ele faz parte de sua vida cotidiana, é seu duplo, sua sombra, seu complemento. A maioria das pessoas, penso eu, ou gostam de seu gondoleiro ou o odeiam; e se gostam dele, gostam muito. Neste caso, interessam-se por ele depois que vai embora; desejam que tenha certeza de um emprego, falam dele como a joia dos gondoleiros e dizem a seus amigos para estarem certos de "garanti-lo". Não há geralmente dificuldade para consegui-lo; não há nada de enganoso ou relutante num gondoleiro. Nada me levaria a não acreditar neles, na maioria excelentes tipos, e o turista sentimental deve sempre ter uma gentileza para com eles. Mais do que o resto da população, naturalmente, eles são os filhos de Veneza; estão associados a suas idiossincrasias, a sua essência, a seu silêncio, a sua melancolia.

Quando digo que estão associados a seu silêncio eu deveria imediatamente acrescentar que estão associados também a seu som. Entre si, formam um grupo extraordinariamente loquaz. Conversam muito nos *traghetti*[6], onde sempre têm algum assunto problemático em discussão; gritam através dos canais; antecipam suas ordens quando você se aproxima; desafiam uns aos outros de longe. Se lhe acontecer ter um *traghetto* sob sua janela, você estará bem ciente de que constituem uma raça sonora. Eu deveria ainda ir além de onde fui até agora, e dizer que a voz do gondoleiro é de fato, quanto à audibilidade, a nota dominante de Veneza, ou melhor, a única nota. Dificilmente há outro som que se escute, e isso de fato faz parte do interesse do lugar. Não há barulho, a não ser barulho nitidamente humano; nenhum estrondo, nenhum vago alvoroço, nem estrépito de rodas e cascos. É tudo articulado e vocal e pessoal. Pode-se mesmo dizer que Veneza é enfaticamente a cidade da conversa; as pessoas falam por todo o lugar porque não há nada para interferir no que é apreendido pelo ouvido. Entre o povo tem-se uma festa familiar geral. A água tranquila transporta a voz, e bons venezianos trocam confidências a uma distância de meia milha. Isso economiza muita perturbação, e eles não gostam de perturbação. Sua linguagem deliciosamente gárrula ajuda-os a fazer da vida veneziana uma longa *conversazione*. Essa linguagem, com suas suaves elisões, suas estranhas transposições, seu benévolo desprezo pelas consoantes e outras coisas desagradáveis, tem algo de peculiarmente humano e obsequioso. Se o seu gondoleiro não tivesse outro mérito, teria o mérito de falar veneziano. Isso pode ser considerado mérito, mesmo quando – algumas pessoas diriam "especialmente" – você não compreende o que ele fala. Mas ele lhe acrescenta outros atrativos que fazem dele um aspecto agradável de sua vida. O preço que ele estabelece para seus serviços é tocantemente pequeno, e ele tem uma feliz arte de ser obsequioso sem ser abjeto, ou pelo menos sem parecer.

---

[6] Em italiano no original, plural de *traghetto*, "transporte de uma margem à outra, pequeno barco para cruzar rios, canais". (N.T.)

Diante de ocasionais liberalidades, manifesta uma gratidão quase lírica. Em suma, tem encantadoras boas maneiras, mérito que compartilha na maior parte com os venezianos em geral. Fica-se gostando muito dessas pessoas, e a razão desse gostar é a franqueza e a gentileza de sua atitude. A dos italianos em geral tem muito para recomendá-la, mas na maneira veneziana há algo peculiarmente agradável. Sente-se que se trata de um povo antigo, que tem uma longa e rica civilização em seu sangue, e que se não foi abençoado pela fortuna foi pelo menos polido pelo tempo. Não tem vocação para uma moralidade rígida, e de fato tem poucas pretensões nesse sentido. Não hesita muito em apresentar o falso como verdadeiro, e tem sido acusado de cultivar a oportunidade para aproveitá-la e levar a melhor, e de seguir um trajeto desonesto – não em seu ou meu benefício – entre os deveres da propriedade. Tem sido acusado ainda de gostar, se não muito, pelo menos com bastante frequência, de estar bem com tão pouca austeridade quanto possível, Não estou certo de que seja muito corajoso, nem fico impressionado com seu esforço. Mas tem um infalível senso para os prazeres da vida; o mais pobre dos venezianos é naturalmente um homem do mundo. Ele é melhor companhia do que pessoas de sua classe são capazes de ser nas nações de trabalho e virtude - onde às vezes também se vê pessoas que mentem e roubam e se portam mal. Ele tem um grande desejo de agradar e de que o agradem.

V

Nesse aspecto, pelo menos, o estrangeiro insensível começa por fim a imitá-lo; começa a levar uma vida que deverá ser sobretudo fácil, a menos que ele de fato se deixe aborrecer, como o sr. Ruskin, por Ticiano ou Tiepolo. As horas que passa entre as pinturas são suas melhores horas em Veneza, e me envergonho de ter escrito tantas coisas comuns quando poderia estar fazendo grinaldas com os nomes dos mestres. Só que depois de ter coberto nossa página com tais grinaldas, o que mais restaria a dizer? Quando se disse Carpaccio e Bellini, Tintoretto e Veronese, fez-se tocar uma nota que se deve deixar ressoar livremente. Tudo foi dito sobre os grandes pintores, e tem pouca importância que um peregrino a mais os tenha achado a seu gosto. "Fui esta manhã à Academia; fiquei encantado com a *Assunção* de

Ticiano." Essa frase sincera foi sem dúvida escrita no diário de muitos viajantes, e não era leviana da parte de seu autor. Mas diz pouco ao leitor comum, e além do mais obviamente não devemos expor nossos sentimentos mais profundos. Já que mencionei a *Assunção* de Ticiano, devo dizer que há algumas pessoas que ficaram menos encantadas com ela do que o observador que acabamos de imaginar. Trata-se de um dos desapontamentos de Veneza, e você pode, se quiser, tirar proveito de seu privilégio de não se interessar por ela. A *Assunção* dá uma aparência de grande riqueza ao lado da bela sala da Academia em que está pendurada, mas a mesma sala contém duas ou três obras menos famosas que são igualmente capazes de inspirar paixão. "A *Anunciação* pareceu-me grosseira e superficial" – essa observação foi feita certa vez no caderno de um turista simplório. Em Veneza – e é estranho dizer isso –, Ticiano é um desapontamento completo; sua cidade de adoção está longe de possuir o melhor dele. Madri, Paris, Londres, Florença, Dresden, Munique – esses são os locais de sua grandeza.

Há outros pintores que têm apenas uma única morada, e o maior deles é Tintoretto. Perto dele encontram-se Carpaccio e Bellini, que formam com ele o surpreendente trio veneziano. Veronese pode ser visto e avaliado em outros locais; é especialmente esplêndido em Veneza, mas brilha em Paris e em Dresden. Você pode deixar a penumbra do meio-dia de Trafalgar Square em novembro e, em uma das salas da National Gallery, ver a família de Dario murmurando e apelando e chorando aos pés de Alexandre. Alexandre é um belo jovem veneziano com trajes carmim, e o quadro transmite um rubor ao frio entardecer londrino. Você pode sentar diante dele por uma hora e sonhar que está flutuando para a entrada aquática do Palácio Ducal, onde um velho mendigo que tem um dos mais belos rostos do mundo – ele posou como doges e como personagens mais sagrados para uma centena de pintores – tem direito consagrado a supostamente puxar sua gôndola para os degraus e estender um gorro seboso e imemorial. Mas você deve ir a Veneza de fato para ver os outros mestres, que fazem parte de sua vida enquanto você está lá, que iluminam sua visão do universo. É difícil exprimir a relação de alguém com eles; todo o mundo da arte veneziano é tão próximo, tão familiar, em tão grande medida uma extensão e um suplemento da atualidade em expansão, que parece quase injusto dizer que se deve mais a um deles do que aos outros. Em nenhum lugar, nem mesmo na Holanda, onde é tão constante e refinada a correspondência entre os aspectos reais e as pequenas telas envernizadas, a arte e a vida parecem tão fundidas e, por assim dizer, tão consanguíneas. Todo o esplendor de luz e cor, todo o ar veneziano e a história veneziana estão nas paredes e nos tetos dos palácios; e todo o gênio dos mestres, todas as imagens e visões que deixaram sobre as telas parecem estremecer sob os raios do sol e dançar sobre as ondas. Este é o interesse permanente do lugar – você vive em certo tipo de conhecimento como em uma nuvem rosada. Você não vai às igrejas e museus a fim de uma mudança em relação às ruas; você vai porque lhe oferecem uma requintada reprodução das coisas que o circundam. Toda Veneza era tanto modelo quanto pintor, e a vida era tão pictórica que a arte não podia deixar de sê-lo. Com todas as atenuações, a vida ainda é pictórica, e esse fato dá um extraordinário frescor às percepções que uma pessoa tem das grandes obras venezianas. Você as julga não como conhecedor, mas como um homem do mundo, e usufrui delas porque são tão sociais e tão verdadeiras. Talvez, de todas as obras de arte que são igualmente grandes, sejam estas que exigem menos reflexão por parte do espectador – não fazem mistério para serem usufruídas. A reflexão apenas confirma a admiração que você tem por elas, embora quase tenha vergonha de se mostrar. Essas coisas falam tão clara e afavelmente à sensibilidade que mesmo quando chegam ao estilo mais elevado – como na *Apresentação da Virgem ao Templo*, de Tintoretto – são ainda mais familiares.

Mas é difícil, como eu disse, exprimir tudo isso, e é penoso também tentar fazê-lo – penoso porque na lembrança de horas desaparecidas, tão cheias de beleza, a consciência da perda presente oprime. Deliciosas horas, envoltas em luz e silêncio, tê-las conhecido uma vez acaba por fazer com que se tenha sempre um extraordinário padrão de fruição. Certas adoráveis manhãs de maio e junho retornam com um encanto indelével. Veneza não está sufocada por flores nessa estação, como é o caso de Florença e Roma, mas o próprio ar e o próprio céu parecem florescer e farfalhar. A gôndola espera nos degraus lavados pelas ondas, e se você for sagaz tomará seu lugar ao lado de uma companhia perspicaz. Essa companhia em Veneza deveria naturalmente ser do sexo que é mais refinadamente perspicaz. Uma mulher inteligente que conhece sua Veneza parece duplamente inteligente, e as percepções de mulher alguma se tornam menos agudas por ela saber que não pode deixar de parecer graciosa enquanto é transportada por sobre as ondas. O belo Pasquale, com o remo erguido, espera sua ordem, sabendo, de modo geral, pela observação de seus hábitos, que sua intenção é a de ir ver uma ou duas pinturas. Talvez não importe em nada qual pintura você escolha: toda a situação é tão encantadora. É encantador vaguear pela luz e pela sombra de canais intricados, tendo sobre você a arquitetura perene e sob você a fluidez perene. É encantador desembarcar nos degraus polidos de um pequeno e vazio *campo*[7] – uma praça ensolarada e pobre com um velho poço no meio, uma velha igreja de um lado e altas janelas venezianas que olham para baixo. Às vezes as janelas são desabitadas; às vezes uma senhora num penhoar desbotado debruça-se vagamente no peitoril. Há sempre um velho segurando seu chapéu à espera de moedas; há sempre três ou quatro meninos que, esquivando-se de possíveis golpes de guarda-chuva, precedem você, à maneira de guardiães, até a porta da igreja.

VI

As igrejas de Veneza são ricas em pinturas, e muitas obras-primas escondem-se na inflexível escuridão de capelas laterais e sacristias. Muitas nobres obras estão empoleiradas atrás de velas empoeiradas e rosas de musselina de um altar raramente visitado; algumas delas, ocultas atrás do altar, de fato suportam uma escuridão que nunca pode ser explorada. As condições oferecidas a você para se aproximar da pintura em tais casos são uma zombaria em relação a seu impaciente desejo. Você fica na ponta dos pés em um tamborete de três pés, você sobe em uma escada insegura, você quase se instala nos ombros do *custode*[8]. Você faz de tudo, menos ver a pintura. Você vê apenas o suficiente para estar certo de sua beleza. Você entrevê um rosto divino, uma figueira contra um céu suave, mas o resto é impenetrável mistério. Você renuncia a toda esperança, por exemplo, de se aproximar do magnífico Cima da Conegliano em San Giovanni in Bragora; e recordando a

---

[7] *Campo* é a designação para "praça" em Veneza. (N.T.)

[8] Em italiano no original, "guarda", "porteiro". (N.T.)

imaculada pureza que resplandece no espírito desse mestre, renuncia a ele com tristeza e dor. Por trás do altar-mor dessa igreja pende um Batismo de Cristo de Cima que acredito ter sido mais ou menos repintado. Você o avista parcialmente, vê que tem uma plenitude de perfeição. Mas você se afasta dele com o pescoço duro e se promete um consolo na Academia e na Madonna dell'Orto, onde duas nobres obras da mesma mão – pinturas tão claras como um crepúsculo de verão – se apresentam em melhores condições. Pode-se dizer de modo geral que você nunca vê Tintoretto. Você o admira, você o adora, você o considera como o maior dos pintores, mas na grande maioria dos casos seus olhos não conseguem se ocupar dele. Isso é em parte culpa dele próprio; muitas de suas obras escureceram e estão apodrecendo em suas molduras. Na Scuola di San Rocco, onde há quilômetros dele, dificilmente há alguma coisa adequadamente visível a não ser a imensa *Crucificação* no andar superior. É verdade que, ao olhar essa imensa composição, você olha muitos quadros; ela não apenas tem uma multidão de personagens, mas também uma grande riqueza de episódios; e você passa de um para outro como se estivesse "fazendo" um museu. Seguramente nenhuma outra pintura no mundo contém mais vida humana; há de tudo nela, inclusive a mais refinada beleza. É uma das maiores obras de arte; é sempre interessante. Há obras do artista que contêm pinceladas mais refinadas, revelações de beleza mais radiosas, mas não há outra com tão intensa visão de uma realidade e com tão esplêndida execução. O interesse e a magnificência de todo esse canto de Veneza, por mais melancólico que seja o efeito de suas suntuosas e mal iluminadas salas, imprimem uma estranha importância a uma visita à Scuola. Nada daquilo que todos os viajantes vão ver parece sofrer menos com as incursões de viajantes. Trata-se de uma das barracas mais solitárias do mercado, e o autor destas linhas sempre teve a boa sorte, que ele deseja a todos os outros viajantes, de tê-la só para si. Penso que a maioria dos visitantes acha o lugar alarmante e de aspecto desagradável. Andam um pouco entre as figuras vacilantes que surgem aqui e ali na grande tapeçaria (por assim dizer) com que o pintor cobriu todas as paredes, e depois, deprimidos e perplexos pela portentosa solenidade desses objetos, pelos estranhos vislumbres de cenas incomuns, pelo eco de seus passos solitários nos vastos pisos de pedra, partem com rapidez, encontrando-se de novo – com uma sensação de libertação do perigo, uma sensação de que o *genius loci* era uma espécie de caiador louco que trabalhava com uma má mistura – na luz clara do *campo,* entre os mendigos, os vendedores de laranja e as gôndolas que passam. De fato o lugar é solene, solene e estranhamente sugestivo, pela simples razão de que dificilmente encontraremos quatro paredes em outro lugar que encerrem na mesma área igual quantidade de gênio. O ar, ele o torna espesso e denso e difícil de respirar, pois se tratava de gênio que não era feliz, na medida em que lhe faltava a arte de se fixar para sempre. Não é imortalidade o que respiramos na Scuola di San Rocco, mas mortalidade consciente, relutante.

Felizmente, porém, podemos dirigir-nos ao Palácio Ducal, onde tudo é tão brilhante e esplêndido que o pobre e empoeirado Tintoretto, a despeito de si mesmo, é guindado ao concerto. Esse prédio profundamente original é sem dúvida a coisa mais adorável de Veneza, e um passeio matinal por ele é uma maravilhosa iluminação. Escolha com argúcia sua hora – metade da fruição de Veneza é uma questão de artimanha – e entre em torno de uma hora, quando os turistas foram todos almoçar e os ecos das encantadoras câmaras foram dormir entre os raios do sol. Não há lugar mais resplendente em Veneza – com o que quero dizer que no todo não há nenhum que tenha a metade do resplendor. O sol refletido da laguna resplandecente passa pelas grandes janelas e cintila e tremeluz nas paredes e nos tetos adornados. Toda a história de Veneza, todo seu imponente e esplêndido passado, fulgura em torno de você numa forte luz marinha. Todos aqui são magníficos, mas o grande Veronese é o mais magnífico de todos. Desliza diante de você em uma nuvem de prata; impera em uma eterna manhã. O profundo céu azul arde por trás dele, com listras leitosas; brancas colunatas sustentam os mais ricos pálios, sob os quais os primeiros cavalheiros e senhoras do mundo prestam homenagem e ao mesmo tempo a recebem. Seus gloriosos trajes farfalham ao ar marinho, e suas faces iluminadas pelo sol são a própria tez de Veneza. A mistura de orgulho e piedade, de política e religião, de arte e patriotismo dá uma esplêndida dignidade a cada cena. Nunca um pintor foi mais nobremente jubiloso, nunca um artista teve maior prazer na vida, vendo-a toda como uma espécie de animada festa e sentindo-a por intermédio do permanente sucesso. Ele se deleita nos ovais com enquadramento dourado dos tetos, multiplica-se aí com o movimento agitado de um estandarte bordado que se alça no azul. Foi o mais feliz dos pintores e produziu o quadro mais feliz do mundo. *O rapto de Europa* certamente merece esse título; é impossível olhá-lo sem dolorida inveja. Em nenhum outro caso da arte tal sensibilidade se revela; nunca inclinação e oportunidade se combinaram para exprimir tal prazer. A mistura de flores e pedras preciosas e brocado, de carne louçã e mar brilhante e arvoredos ondeantes, de juventude, saúde, movimento, desejo – tudo isso é a visão mais iluminada que jamais invadiu a alma de um pintor. Feliz o artista que pôde alimentar essa visão; feliz o artista que pôde pintá-la como foi pintada a obra-prima que aqui recordo.

As visões de Tintoretto não eram tão radiantes quanto esta, mas ele teve várias que foram suficientemente radiantes. Na sala que abriga o trabalho acima citado estão várias telas menores do gênio muito mais complexo da Scuola di San Rocco, que são quase simples em seu encantamento, quase felizes em sua simplicidade. Mantiveram seu esplendor através dos séculos, e brilham com suas vizinhas nessas salas douradas. Há um trecho de pintura em uma delas que é uma das coisas mais deliciosas de Veneza e que traz à lembrança essas flores silvestres imaginadas que florescem tão profusamente e tão ignoradas nos cantos escuros de toda a obra de Tintoretto. *Palas afasta Marte* é, acredito eu, o nome dado ao quadro, e este representa uma jovem mulher de aspecto nobre que afasta delicadamente um belo jovem com armadura, como que para lhe dizer que mantenha distância. É da delicadeza desse empurrar que falo, o modo encantador como ela estende o braço, com um único bracelete, e apoia no peitoral escuro a jovem mão, com os róseos dedos afastados. Com o esforço, ela inclina a encantadora cabeça – uma cabeça que tem todo o estranho encantamento que Tintoretto sempre vê nas mulheres –, e o brilho suave, vivo, carnal de todos esses membros, sobre os quais o pincel pouco se deteve em seu curso, é um belo exemplo do espírito que toda Veneza pode mostrar. Mas por que falar de Tintoretto quando nada posso dizer sobre o grande *Paraíso*, que estende seu esplendor algo esfumaçado e a maravilha de seus múltiplos círculos em uma das outras salas? Se não fosse um dos primeiros quadros do mundo, estaria entre os maiores, e devemos confessar que em primeiro lugar o espectador apreende dele uma impressão de quantidade. Depois vê que essa quantidade é realmente riqueza, que a sombria confusão de rostos é uma magnífica composição, e que alguns detalhes dessa composição são extremamente belos. Todavia, é impossível especificar, em um retrospecto de Veneza, as horas mais felizes, embora, quando se olha para trás, certos momentos indeléveis começam aqui e ali a se tornarem vívidos. Como é possível esquecer as visitas à sacristia dos Frari, por mais frequentes que tenham sido, e a grande obra de Giovanni Bellini que constitui seu tesouro?

VII

Nada em Veneza é mais perfeito do que isso, e não temos conhecimento de obra de arte mais completa. O quadro é composto de três partes: na central estão a Virgem e o filho; cada uma das duas outras partes é ocupada por dois veneráveis santos, próximos um do outro e de pé. É impossível imaginar algo mais acabado ou mais maduro. É uma dessas coisas que resumem o gênio de um pintor, a experiência de uma vida, o ensinamento de uma escola. Parece pintado com pedras preciosas fundidas, que só foram clarificadas pelo tempo, e é tão solene quanto belo, e tão simples quanto profundo. Giovanni Bellini está mais ou menos por toda parte em Veneza, e, onde quer que esteja, quase certamente é o primeiro – primeiro, quero dizer, em sua própria linha: pinta pouco mais do que a madona e santos; não tem a preocupação de Carpaccio com a vida humana em geral, nem a preocupação de Tintoretto nem a de Veronese. Todavia, alguns de seus quadros mais importantes, em que várias figuras estão agrupadas, têm uma riqueza de santidade que é quase profana. Há um deles, no lado escuro da sala da Academia que abriga a *Assunção* de Ticiano, que, se pudéssemos vê-lo – sua posição é um escândalo inconcebível –, seria certamente um dos mais vigorosos dos quadros ditos sacros. O mesmo se dá com a Madona de San Zaccaria, pendurada em um lugar frio, escuro, lúgubre, e muito alto, mas tão suave e serena, e tão grandiosamente disposta e acompanhada, que a atitude adequada, quando olha para ela, mesmo no caso do apreciador mais crítico, vem a ser ajoelhar-se. Há um outro nobre Giovanni Bellini, um dos poucos em que não há Virgem, em San Giovanni Crisostomo – um São

Jerônimo, com traje vermelho, sentado no alto de rochas e com uma paisagem de extraordinária pureza atrás dele. A ausência da Madona peculiarmente ereta faz dele uma interessante surpresa entre as obras do pintor e lhe dá um ar um tanto menos exigente. Mas tem uma beleza brilhante, e o São Jerônimo é um velho personagem encantador.

A mesma igreja possui outro grande quadro para o qual o frequentador desses locais deve encontrar em sua memória um santuário à parte; uma das coisas mais interessantes que ele terá visto, se não a mais brilhante. Nada o atrai mais do que as três figuras de senhoras venezianas que ocupam o primeiro plano de uma tela um tanto pequena de Sebastiano del Piombo, colocada acima do altar-mor de San Giovanni Crisostomo. Sebastiano era veneziano de nascimento, mas poucas de suas produções são vistas em sua terra natal; poucas de fato são vistas em qualquer lugar. O quadro representa o santo padroeiro da igreja, acompanhado por outros santos e pelas devotas seculares que mencionei. Essas mulheres estão juntas, à esquerda, tendo nas mãos pequenos recipientes brancos; duas estão de perfil, mas a que está à frente volta o rosto para o espectador. Esse rosto e essa figura são quase únicos entre as belas coisas de Veneza, e deixam o observador suscetível com a impressão de ter travado, ou antes de não ter travado, um estranho, um perigoso, mas muito valioso, conhecimento. A mulher, muito bela, é a típica veneziana do século XVI, e fica na lembrança como a perfeita flor dessa sociedade. Nunca houve ali um ar mais grandioso de educação, uma expressão mais profunda de tranquila superioridade. Anda como uma deusa – como se pisasse, sem afundar, as ondas do Adriático. É impossível conceber expressão mais perfeita do espírito aristocrático, seja em seu orgulho, seja em sua bondade. Essa magnífica criatura é tão forte e segura que é gentil, e tão tranquila que, em comparação, todas as menores pretensões de calma sugerem apenas um alarme vulgar. Mas apesar de tudo isso há profundezas de possível desordem em seu olho de cor clara.

Todavia, eu não queria dizer coisa alguma sobre ela, pois não é correto falar de Sebastiano quando não se achou espaço para Carpaccio. Essas visões se apresentam, e não é possível nem retê-las nem afastá-las. Lembranças de Carpaccio, o magnífico, o encantador – não é por falta de tais visitas, mas apenas por falta de espaço, que eu não disse sobre ele o que desejaria. Há bem pouca necessidade disso em benefício de Carpaccio, já que sua fama é hoje mais radiante do que nunca – graças à generosa lâmpada que o sr. Ruskin manteve sobre ela. Todavia, é um pouco ridículo falar de Veneza sem fazer dele quase que o refrão. Carpaccio e Tintoretto são os dois grandes realistas, e é difícil dizer qual é mais humano, mais variado. Tintoretto tinha o temperamento mais vigoroso, mas Carpaccio, que tinha a vantagem de um maior frescor e de uma maior responsabilidade, aproximou-se mais da perfeição. Aqui e ali, ele de fato a toca, como no encantador quadro, na Academia, de Santa Úrsula adormecida em seu pequeno leito branco, no quarto alto e limpo, onde o anjo a visita ao amanhecer; ou como, em San Giorgio Schiavoni, no nobre São Jerônimo em seu gabinete. Esta última obra é uma pérola de sentimento, e posso acrescentar, sem ser extravagante, que sua cor é um rubi. Une o mais magistral acabamento a uma espécie de amplitude universal de sentimento, e quem o traz na memória nunca ouvirá o nome de Carpaccio sem uma vibração de afeição quase pessoal. Esse é de fato o sentimento que irrompe em você nessa maravilhosa pequena capela de São Jorge dos Escravos, onde esse artista especialmente pessoal e sociável exprimiu toda a suavidade de sua imaginação. O lugar é pequeno e desconfortável, os quadros estão fora da visão e mal iluminados, o zelador é ganancioso, os visitantes são mutuamente intoleráveis, mas a pobre e pequena capela é um palácio da arte. O sr. Ruskin escreveu um livreto sobre ela que é um verdadeiro auxiliar para sua apreciação, embora eu não possa deixar de pensar que o generoso artista, com sua aguçada percepção e seu adequado sentimento, teria sofrido ao ouvir seu encomiasta declarar que uma de suas produções – no Museo Civico do Palazzo Correr, um encantador retrato de duas senhoras venezianas com seus animais de estimação – é a "mais bela pintura do mundo". Ela não precisa disso para ser considerada admirável; e o que mais um pintor pode desejar?

VIII

Maio em Veneza é melhor do que abril, mas junho é o melhor de todos os meses. Em junho os dias são quentes, mas não quentes em excesso, e as noites são mais belas que os dias; Veneza é mais rosa do que nunca pela manhã e mais dourada do que nunca quando o dia finda.

Ela parece expandir-se e evaporar-se, multiplicar todos os seus reflexos e iridescências. Então a vida de sua população e a estranheza de seu temperamento se tornam uma permanente comédia, ou pelo menos um teatro permanente. Então a gôndola é a sua única habitação, e você passa dias entre o mar e o céu. Você vai ao Lido, embora o Lido tenha sido estragado. Quando o vi pela primeira vez, em 1869, era um lugar muito natural, e ali mal havia um caminho simples através da pequena ilha, do desembarcadouro até a praia. Havia nessa época um balneário e um restaurante, sendo este muito ruim, mas nas noites quentes o jantar não importava tanto quanto você ficar sentado, deixando-o esfriar no terraço de madeira que se estendia em direção ao mar. Hoje o Lido faz parte da Itália unificada e tem sido vítima de melhorias infames. Um vilarejo de subúrbio surgiu em sua área rural, e um bulevar de terceira categoria leva de Santa Elisabetta ao Adriático. Há ruas de betume e lâmpadas a gás, pensões, lojas e um *teatro diurno*. O balneário é maior do que antes, e o restaurante também, mas talvez seja uma compensação o fato de a cozinha não ser melhor. Tal como é, porém, você não desdenharia ocasionalmente de compartilhar dele na fresca plataforma sob a qual banhistas se atiram e mergulham, e que dá para onde os barcos de pesca, com velas laranja e vermelhas, seguem ao longo do horizonte que escurece. A praia no Lido ainda é vazia e bela, e você pode facilmente sair do vilarejo suburbano. A volta para Veneza ao por do sol é clássica e indispensável, e aqueles que, nessa hora fulgurante, deslizarem em direção às torres que se erguem da laguna não se distanciarão facilmente dessa impressão. Mas você se entrega a excursões maiores – você vai a Burano e Torcello, a Malamocco e Chioggia. Torcello, como o Lido, foi melhorada; a pequena catedral do século VIII, extremamente interessante, que ali se encontra à beira mar, tão tocante em sua ruína, com a entrada cheia de mato e os mosaicos primitivos, quanto os ossos esbranquiçados de um esqueleto humano que a maré levou para a praia, foi restaurada e tornada alegre, e o encanto do lugar, sua estranha e sugestiva desolação, quase foi embora.

Todavia, ela ainda lhe servirá como pretexto para um dia na laguna, especialmente na medida em que você desembarcar em Burano e admirar a maravilhosa população de pescadores, sobre cuja bela aparência – e maus modos, sinto muito dizê-lo – nunca se estará sendo exagerado. Burano é celebrada pela beleza de suas mulheres e pela rapacidade de suas crianças, e é fato que, embora algumas das senhoras sejam muito descaradas quanto a isso, todas lhe mostram um belo rosto. As crianças o atacam pedindo dinheiro, e em seu desejo de serem satisfeitas perseguem sua gôndola até o mar. Chioggia é uma Burano maior, e você leva de cada lugar uma impressão meio triste, meio cínica, mas inteiramente visual; a impressão de casas muito coloridas; de banhos em canais parados; de jovens mulheres com os rostos de forma delicada e expressão vulnerável, com esplêndidas cabeleiras e tez coberta de pó, xales amarelos desbotados que pendem como antigos drapejamentos gregos, e pequenos calçados de madeira que batem quando sobem e descem os degraus das pontes convexas; de matronas com rostos morenos e tranças brilhantes, de temperamento forte, de pescoços sólidos com contas douradas, e olhos que encontram os seus com certo desafio natural. Os homens, em todas as ilhas de Veneza, são quase tão belos quanto as mulheres; nunca vi tantos malandros com tão boa aparência. Em Burano e Chioggia sentam-se consertando suas redes, ou descansam nas esquinas das ruas, onde a conversa é sempre exaltada, ou gritam para que você tome um barco; e por toda parte ornamentam o cenário com sua esplêndida cor — faces e pescoços tão ricamente morenos quanto as velas de seus barcos de pesca —, seus andrajos desbotados pelo mar que são sempre um "traje", seu suave jargão veneziano e a elegância com que usam os chapéus, artigo que em parte alguma fica tão bem quanto na massa de densos cachos venezianos. Se tiver sorte, você se verá, depois de um dia de junho em Veneza (cerca de dez horas), em um balcão que se projeta sobre o Grande Canal, com os cotovelos na larga beirada, um cigarro entre os dentes e uma boa companhia a seu lado. As gôndolas passam embaixo, a superfície das águas brilha aqui e ali com suas lâmpadas, algumas das quais são lanternas coloridas que se movimentam misteriosamente na escuridão. Em certas noites de junho há gôndolas demais, lanternas demais, serenatas demais em frente aos hotéis. As serenatas em particular são exageradas, mas em tal balcão de que falo você não precisa sofrer com elas, pois no apartamento atrás de você – um refúgio acessível – há mais boa companhia, há mais cigarros. Se você for sensato, você entrará logo.

1882

O Grande Canal

A honra de representar da melhor forma possível a configuração e o lugar, na cidade de São Marcos, poderia caber, de modo apropriado à esplêndida praça que leva o nome do padroeiro e que é o centro da vida veneziana, na medida em que (isto é quase tudo) a vida veneziana é uma questão de perambular e tagarelar, de bisbilhotar e bocejar, de circular sem propósito e de olhar – com muita frequência por um propósito tolo –, nas vitrines das lojas de comerciantes cuja hospitalidade torna teatrais suas soleiras, os mais vulgares dos refugos de todo o moderno mercado. Se, todavia, o Grande Canal não é tecnicamente uma "rua", a pervertida Piazza talvez seja ainda menos normal; e me apresso a acrescentar que fico feliz por não estar estudando meu assunto sob as arcadas internacionais, ou ainda (chego ao ponto de dizê-lo) na solene presença da igreja. Pois nesse caso prevejo que me tornaria ainda mais confusamente consciente do obstáculo que de modo inevitável, mesmo com suas primeiras e poucas palavras, aflora no caminho do apreciador de Veneza que se manifesta apressadamente. "Vida veneziana" é apenas uma convenção literária, embora seja uma figura indispensável. Essas palavras desempenharam um papel efetivo na literatura da sensibilidade; constituíram há trinta anos o título do encantador volume de impressões do sr. Howell, mas ao usá-las hoje a pessoa deve algumas francas retificações a sua própria lucidez. Que eu tenha então como premissa que, sempre que saírem de novo de minha pena, deverei sempre ser olhado como sistematicamente superficial.

A vida veneziana, no amplo e antigo sentido, há muito acabou, e o atual caráter essencial da mais melancólica das cidades está simplesmente em ser ela o mais belo dos túmulos. Em nenhuma outra parte o passado foi posto em repouso com tanta ternura, tanta tristeza de resignação e recordação. Em nenhuma outra parte o presente é tão estrangeiro, tão descontínuo, tão semelhante a uma multidão num cemitério sem coroas de flores para os túmulos. Não tem flores em suas mãos, mas, talvez como compensação – e a coisa é sem dúvida mais pertinente –, tem dinheiro e pequenos livros vermelhos[9]. A permanente perambulação desses visitantes irresponsáveis pela Piazza constitui a vida veneziana contemporânea. Tudo mais é apenas reverberação disso. O imenso mausoléu tem uma catraca na porta, e um funcionário num desgastado uniforme, mediante pagamento de uma tarifa, deixa que você veja como ele está morto. A partir dessa *constatação,* dessa fria curiosidade, provêm toda a atividade, a prosperidade, a vitalidade do lugar. Os proprietários de lojas e os gondoleiros, os mendigos e os modelos dependem dele para ganhar a vida; são os guardiães e os porteiros do grande museu – eles próprios são em certa medida objetos de exibição. É no amplo vestíbulo da praça que os peregrinos poliglotas se reúnem mais densamente; a Piazza San Marco é o saguão da ópera nos intervalos do espetáculo. O atual destino de Veneza, a lamentável diferença, é mais facilmente medido aqui, e é por isso que, no esforço de resistir a nosso pessimismo, devemos nos afastar tanto dos compradores quanto dos vendedores de *ricordi*[10]. Os *ricordi* que preferimos são mais bem colhidos onde a gôndola desliza – sobretudo na nobre via aquática que começa, de modo glorioso, na Salute e termina, em decadência, na estação ferroviária. É, porém, a vulgar Piazzetta (perdoe-me, sombra de São Teodoro – um café novo em folha não começou a brilhar ali, eletricamente, neste ano?) que nos introduz mais diretamente no grande quadro pelo qual o Grande Canal pratica seu primeiro feitiço,

---

[9] Referência aos guias de viagem Baedeker, de capa vermelha. (N.T.)

[10] Em italiano no original, "lembranças", "suvenires". (N.T.)

e a que milhares de artistas, nem sempre com talento, prestaram seu tributo. Passamos à Piazzetta para olhar para a grande garganta, por assim dizer, de Veneza, e a visão deve consolar-nos por darmos as costas a São Marcos.

Naturalmente ela nos foi apresentada repetidas vezes, mesmo que nunca tenhamos saído de casa, mas esta é apenas uma razão a mais para tentar apreender o frescor que pode permanecer no mundo da fotografia. É em Veneza acima de tudo que ouvimos o pequeno rumor dessa voz que vulgariza o familiar; todavia, talvez seja também em Veneza que aquilo que é expressivo melhor dominou o respeitoso segredo de como esperar por nós. Mesmo a clássica Salute espera como uma grande senhora na entrada de seu salão. Com suas cúpulas e volutas, seus arcos ornamentados e estátuas que formam uma pomposa coroa, e seus largos degraus dispostos no chão como a cauda de um vestido, ela é mais ampla e serena, está mais instalada em sua porta, do que o que todos os copistas nos relataram. Esse refinado ar de mulher do mundo é transmitido pela segurança de boa estirpe com que olha na direção de sua antiquada vizinha bizantina; e a justaposição das duas igrejas tão ilustres e tão diferentes, cada uma delas esplêndida à sua maneira, é um sinal suficiente da escala e da amplitude de Veneza. Todavia, nós mesmos estamos afastando de São Marcos nosso olhar – temos de fechar os olhos para esse deslumbramento; sem ele já há brilho e fascínios suficientes. Vemo-los em abundância mesmo quando olhamos a partir dos sombrios degraus da Salute. Esses degraus são frios pela manhã, embora eu não saiba se posso justificar meu excessivo apreço por eles mais do que posso explicar uma centena de outros vagos fascínios com que Veneza sofistica o espírito. Sob tal influência felizmente não é preciso dar explicações – ela só leva em conta percepções e afetos. Talvez seja dos degraus da Salute, numa manhã de verão, que essa vista da boca aberta da cidade seja mais brilhantemente divertida. O todo se compõe como se a composição fosse o fim principal das instituições humanas. O encantador promontório arquitetônico da Dogana estende os braços mais graciosos, equilibrando na mão o globo dourado em que gira a deliciosa figura satírica de um pequeno cata-vento feminino. Essa Fortuna, essa Navegação ou como quer que seja chamada – seguramente não precisa de nome – pega o vento no pedaço de drapejamento de que ela despiu seu encanto de bronze rotatório. Do outro lado do canal, tremeluz e fulgura a longa fila dos felizes palácios que são na maioria hotéis caros. Há um pouco de tudo por toda parte, no brilhante ar veneziano, mas essas construções têm em especial a aparência de estar, do outro lado da água, no recebimento da alfândega, e de esperar em seu hipócrita encantamento pelo estrangeiro e pela vítima. Digo que são felizes, porque de algum modo mesmo seus mais sórdidos usos e seus sinais vulgares fundem-se – com seus vagos rosa e pardos manchados pelo mar – na estranha alegria de luz e cor composta pelo reflexo de coisas obsoletas. A atmosfera atua sobre elas como um riso, elas são da essência da antiga pilhéria triste. São quase tão encantadoras a partir de outros lugares quanto de seus próprios balcões, e participam plenamente desse universal privilégio das coisas venezianas que consiste em ser tanto a imagem quanto o ponto de vista.

Esse duplo caráter, particularmente acentuado no Grande Canal, acrescenta uma dificuldade a qualquer controle de nossas notas. O Grande Canal, como impressão, pode ser praticamente o balcão acolchoado de um alto e amado palácio – a lembrança de noites irresistíveis, do cotovelo sociável, do deixar-se ficar infindavelmente a olhar; ou pode evocar a inquietação de uma nova curiosidade, da investigação metódica, em uma gôndola carregada de referências. Não há referências, cabe-me mencionar, nestas observações, que se sacrificam ao acidente, não à completude. Uma rapsódia sobre Veneza é sempre adequada, mas acho que os catálogos acabaram. Eu não deveria tentar escrever aqui os nomes de todos os palácios, ainda que o número daqueles que posso lembrar no imenso rol seja menos insignificante. Há muitos com que me deleito, mas que não identifico de modo especial ou a que, pelo menos, não atribuo lugar à parte. Depois há as más razões para preferência, que são melhores do que as boas, e todo o doce suborno de associação e lembrança. Essas coisas, quando se está nos degraus da Salute, são outro tanto de delicados dedos que pegam, diretamente de uma fila, uma adorável casinha sem nada de peculiar, a qual, com seus pálidos postigos verdes, olha diretamente do outro lado para a grande porta e através do buraco da fechadura, por assim dizer, da igreja, e que não preciso chamar por um nome – um agradável nome americano – que todos em Veneza, nesses muitos anos, tiveram em seus lábios agradecidos. Trata-se da mais amigável das casas em todo o vasto mundo, e tem, como merece ter, a mais bela posição. É um verdadeiro *porto di mare,* como os gondoleiros dizem – um porto dentro de um porto; vê tudo o que vai e vem, e assiste a tudo com olhos experientes. Nem um matiz ou uma sugestão da imensa iridescência se perde, e há dias de refinada cor em que pode imaginar-se como o coração do maravilhoso prisma. Dos degraus da Salute, que devemos decididamente deixar se quisermos seguir em frente, acenamos por sobre a água uma mão agradecida, e entramos na grande igreja branca de Longhena – um poço vazio sob uma cúpula rotineira –, onde uma família americana e um grupo de alemães, amontoados em um canto sobre um par de bancos, olham atentamente, com uma consciência digna de uma melhor causa, para nada em particular.

Pois nada há de particular para se olhar atentamente nesse templo frio e convencional, a não ser o grande Tintoretto da sacristia, ao qual rapidamente prestamos nosso respeito, e que ficamos felizes de ter para nós por dez minutos. O quadro, embora pleno de beleza, não é o melhor do mestre, mas mais uma vez serve, tanto quanto outro, para arrebatar – não há outra palavra – seus admiradores, para os quais, nos longínquos dias em que Veneza era um enlevo recente, esse pintor estranho e desorientador era quase a suprema revelação. As artes plásticas podem ter menos a dizer para nós do que nos ávidos anos de juventude, e o celebrado quadro em geral estar mais para algo em branco, mas, mais do que os outros, qualquer belo Tintoretto ainda nos leva ao passado, recordando-nos não somente sua rica visão particular, mas também o frescor da antiga surpresa. Muitas coisas vão e vêm, mas esse grande artista permanece para nós, em Veneza, como parte da convivência do espírito. Os outros estão ali em sua óbvia glória, mas ele é o único para quem a imaginação, em nossa significativa expressão moderna, está alerta. *As bodas de Caná,* na Salute, tem todo o imprevisto característico e fascinante de Tintoretto – o sacrifício da figura de Nosso Senhor, que é reduzido ao mero ponto final de uma inteligente perspectiva, e a livre e alegre apresentação de todos os outros elementos da festa. Por que, a despeito dessa singular desigualdade, o quadro não nos dá a impressão de ausência daquilo que os críticos chamam de reverência? Por nenhuma outra razão que eu possa imaginar, a não ser a de ele vir a ser a obra de seu autor, em cujos próprios equívocos há uma singular sabedoria. Ruskin falou com suficiente eloquência sobre o sério encanto da fileira de cabeças das mulheres no lado direito, que falam uma com a outra enquanto participam do banquete representado em perspectiva. Não poderia haver melhor exemplo para a independência errante da visão do pintor, um verdadeiro espírito de aventura para o qual o tema sempre foi um agrupamento de circunstâncias, não uma ordem óbvia, mas uma espécie de capítulo da vida povoado e agitado, em que as figuras são submissas notas pictóricas. Essas notas estão todas ali, em sua beleza e heterogeneidade, e se a abundância é de um tipo a fazer o princípio de seleção parecer comparativamente tímido, o senso de "composição" do espectador – caso esse senso exista – se estende ao pintor em peculiar afinidade. Será obtuso o espírito do trabalhador, em qualquer campo da arte, atormentado por essa questão específica que não seja levado a reconhecer no eterno problema a elevada companhia de Tintoretto.

Se a longa extensão desde esse ponto até a deplorável ponte de ferro que descarrega o pedestre na Accademia – ou, mais compreensivelmente, até o gótico pintado e dourado do nobre Palazzo Foscari – é muito curva para que possa ser vista em qualquer ponto em sua totalidade, ela representa da melhor forma possível o pescoço arqueado, por assim dizer, da serpente ondulante com que tem semelhança o Canalazzo. Passamos por uma dúzia de casas históricas, observamos ao longo da passagem uma centena de "pedaços" componentes, com a aturdida percepção de um desenhista e com o que sem dúvida seria, a não ser por nosso fatalismo intensamente veneziano, o aturdido estado de espírito de um desenhista. Naturalmente são os palácios mais antigos, e também, para sermos justos, alguns dos posteriores, se os pudéssemos tomar um a um, que dão ao Canal o melhor de seu ar grandioso. Os mais belos estão frequentemente lado a lado com os mais feios, e há poucos, infelizmente, tão belos a ponto de terem sido completamente protegidos por sua beleza. As épocas e as gerações impuseram-lhes sua vontade, e o vento e o clima tiveram muito a dizer, mas, desfigurados e desonrados como estão, com os machucados de seus mármores e a resignação de sua ruína, não há nada como eles no mundo, e a longa sucessão de seus rostos desbotados e conscientes faz da tranquila via aquática a que sobrepairam uma *promenade historique* cuja lição, mesmo que a leiamos com muita frequência, outorga, na profundeza de seu interesse, uma incomparável dignidade a Veneza. Nós a lemos nos arcos românicos do início da Idade Média, hoje encurvados em suas próprias curvas, no refinado gótico próprio da época de esplendor, e nas cornijas e colunas de uma decadência quase tão igualmente orgulhosa. Hoje essas coisas são quase igualmente tocantes em sua boa fé; cada uma delas, em seu grau, abandonou eficazmente seu orgulho. Viveram como puderam e duraram o quanto puderam, e as consideramos sem levar em conta suas enfermidades, pois mesmo aquelas cujos olhos vazios hoje recebem a crítica com a maior submissão são muito menos vulgares que os usos que lhes temos imposto. Nós as remendamos e as arranjamos, e as cobrimos com sórdidos sinais; nós as restauramos e as melhoramos com um gosto impiedoso, e legamos as melhores delas aos vendedores ambulantes. Alguns dos objetos mais significativos, nas mais belas vistas, são hoje os imensos anúncios das lojas de curiosidades.

Os antiquários de Veneza têm toda a coragem de sua opinião, e é fácil ver como sabem muito bem que podem confundir você com uma pergunta sem resposta. O que é todo o lugar a não ser uma loja de curiosidades, e o que você faz aqui a não ser catar bugigangas? "Nós as catamos *para* você", dizem esses sinceros judeus, cujos preços estão marcados em dólares, "e quem nos culpará se, estando as flores muito bem colhidas, acrescentarmos uma ou duas rosas artificiais na composição do buquê?" Cuidam, em uma palavra, para que haja muitas relíquias, e seus estabelecimentos são grandes e ativos. Administram o antídoto ao pedantismo, e você só pode se queixar deles se nunca cruzou suas soleiras. Se você der esse passo, estará perdido, pois terá rompido com a correção de sua atitude. Veneza se torna francamente, a partir desse momento, a grande piada encantadora e deprimente em que afinal nossa noção de suas contradições se apoia – a careta de uma filosofia forçada. Trata-se antes de uma comodidade, pois as lojas de curiosidades são divertidas. Você de fato tem maus momentos se você entra em suas salas de logro e, nos intervalos de regateio, ouve através das altas janelas o suave bater do mar nos velhos degraus aquáticos, pois você pensa com raiva nas nobres casas que são devastadas nessas cenas, nas delicadas vidas que devem ter sido – que poderiam ainda ser – vividas ali. Você reconstrói a admirável casa segundo suas próprias necessidades; apoiando-se em um balcão dos fundos, seu olhar recai sobre um dos pequenos e verdes jardins com que, na maior parte, tais estabelecimentos são exasperantemente abençoados, e acaba por sentir como sendo uma vergonha o fato de que você não o possua. (Tomo por certo, naturalmente, que na medida em que você vai e vem, você está, em imaginação, permanentemente se instalando e erigindo seus deuses, pois, se esse inocente passatempo, esse empréstimo do espírito, não for sua diversão predileta, há uma falha no apelo que Veneza lhe faz.) Pode haver casos felizes em que sua inveja é mitigada, ou talvez eu devesse dizer intensificada, pela participação real. Se você teve a boa sorte de usufruir da hospitalidade de uma antiga casa veneziana e levar sua vida por algum tempo nos cômodos pintados que ainda fazem eco a um dos nomes históricos, você terá entrado pelo degrau mais rápido no espírito interior do lugar. Se não cheirasse a deslealdade para com a bondade privada, eu gostaria de falar francamente de uma dessas deliciosas construções, ainda que desconhecidas, para me referir a ela como um esplêndido exemplo do antigo tipo palaciano. Mas só posso fazê-lo rapidamente, com muitas precauções, e, erguendo a ponta da cortina, lançar uma palavra de comemoração sobre o sucesso com que, nesse exemplo particularmente feliz, o hábito cosmopolita, a moderna afinidade, a atitude inteligente, flexível, e o último fruto da época se ajustam à grande concha dourada, abandonada, e tentam enchê-la. Um palácio veneziano que não tenha sofrido muito e que não esteja sobrecarregado por sua massa torna encantadora quase qualquer vida que possa ser passada nele. Com modos contemporâneos cultos e generosos, ele revela uma harmonia preestabelecida. À medida que você vive nele dia após dia, sua beleza e seu interesse entram mais profundamente em seu espírito; tem seus estados de espírito e suas horas e suas vozes místicas e suas expressões enganadoras. Se na ausência de seus senhores aconteceu-lhe tê-lo para você por vinte e quatro horas, você nunca esquecerá o encanto de seu sossego mal-assombrado, no final da tarde de verão por exemplo, quando o chamado das crianças que brincam chega do *campo*, não do modo como os antigos fantasmas pareciam passar na ponta dos pés pelos pisos de mármore. Ele praticamente lhe apresenta a essência da coisa que estamos considerando, pois, sob os altos balcões, Veneza vai e vem, e a extensão particular que você domina contém todas as características dela. Tudo tem sua vez, desde as pesadas barcaças de mercadorias, empurradas por longas varas e o ombro paciente, até os pavilhões flutuantes das grandes serenatas, e você pode estudar como bem quiser as admiráveis artes venezianas de conduzir um barco e organizar um espetáculo. Da bela e livre remada com que a gôndola, em especial quando há dois remos, é impulsionada, você nunca se sentirá cansado na cena veneziana; ela está sempre no quadro, e a ampla ação de perfil que deixa os remadores se lançarem à frente para uma constante volta à posição anterior tem o duplo valor de ser a única nota enérgica nesse resto de grandeza. As pessoas dos hotéis estão sempre sobre a água, e, no ritmo do hotel, o solitário gondoleiro (como o solitário cavaleiro do romance antiquado) é, confesso, uma figura algo melancólica. Encarapitado em sua popa sem um colega, ele reencena permanentemente, de modo ostensivo, com os pés virados para fora, a comédia de seu movimento estranho e encantador. Tem sempre um pouco do olhar de uma ama-seca distraída que empurra suas pequenas cargas em um carrinho de bebê.

Mas por que eu deveria arriscar uma comparação tão livre, que envolveria essa classe típica e amável? Encantam-me suas faces queimadas de sol e seu dialeto infantil; conheço-os apenas por seus méritos, e tenho evidente predisposição a seu favor. São interessantes e tocantes, e tanto em suas virtudes quanto em seus defeitos a natureza humana é simplificada como que com um grande e eficaz pincel. Comovente acima de tudo é sua dependência do estrangeiro, o estrangeiro excêntrico que nada além de seu alcance, mas que a Providência às vezes devolve. Os melhores deles de qualquer maneira são em sua atividade grandes artistas. No enxame dos dias de festa, nas estranhas noites de festa do Redentore, sua condução da gôndola é um milagre de desembaraço. Os peritos, as celebridades e os ganhadores de prêmios – você pode vê-los nas gôndolas particulares, imaculadamente brancas, com faixas e fitas brilhantes, e em geral com muitas pessoas bonitas – tomam a preferência de passagem com uma insolência perdoável. Penetram na aglomeração de barcos com uma autoridade peculiar. É grande a aglomeração de barcos, com o aperto e os entrechoques gerais e sociáveis, quando, nas noites de verão, as senhoras gritam assustadas, a cidade paga violinistas, e barcaças iluminadas, espalhando música e canção, lideram um longo comboio pelo Canal. As barcaças costumavam ser remadas em golpes ritmados, mas agora são rebocadas pelo vapor. As lâmpadas coloridas, os vocalistas diante dos hotéis não são em minha opinião a maior sedução de Veneza, mas um esboço do Canalazzo seria parcial se não tocasse neles com condescendência. Na média dos incômodos, eles são provavelmente os mais encantadores do mundo, e se em geral têm mais magia para o recém-chegado do que para o antigo apreciador de Veneza, mantêm, de qualquer modo, em seus melhores momentos, a tradição imemorial. Os venezianos têm desde o início dos tempos orgulho de suas procissões e seus espetáculos, e é uma maravilha como, com bolsos vazios, ainda fazem um espetáculo talentoso. O Carnaval está morto, mas esses são os restos de sua herança. Vauxhall[11] sobre a água é naturalmente mais Vauxhall do que nunca, com a boa sorte da música local e de um espelho que reduplica e multiplica. A festa do Redentor – a grande festa popular do ano – é um maravilhoso Vauxhall veneziano. Toda Veneza nessa ocasião toma os barcos durante a noite e os enche com lâmpadas e provisões. Agrupada numa massa, come e canta; cada barco é uma pérgula flutuante, um *café-concert* particular. De todas as comemorações cristãs, é a mais ingênua e inocentemente pagã. Pela manhã os passageiros dirigem-se para o Lido, onde, quando o sol nasce, mergulham no mar, ainda convivialmente. A noite do Redentore foi descrita, mas seria interessante ter um relato, do ponto de vista local, sobre o dia seguinte habitual. Trata-se, porém, de uma questão sobretudo da Giudecca, que recebe uma ponte do Zattere até a grande igreja. Os pontões são dispostos durante o dia – é tudo feito com extraordinária celeridade e arte –, e a ponte é prolongada através do Canalazzo (até Santa Maria Zobenigo), que é minha única garantia de ver o acontecimento. Olhamos para ele de nossas

---

[11] Região de Londres onde se realizavam festas públicas. (N.T.)

janelas do palácio; esticando nossos pescoços um pouco, enquanto olhamos para a Salute, vemos toda Veneza, tão comprimida que tem de se mover lentamente, fluir, na tarde de julho, através do caminho temporário. É um bando de ótimas crianças, e o Canal atravessado por uma ponte é seu brinquedo. Toda Veneza nessas ocasiões é gentil e amigável; nem mesmo toda Veneza empurra alguém para a água.

Mas das mesmas altas janelas captamos, sem qualquer estiramento do pescoço, uma nota ainda mais indispensável ao quadro, um famoso pretendente comendo o pão da amargura. Esse repasto é servido ao ar livre, em um pequeno e limpo terraço, por serviçais uniformizados, e não há indiscrição no fato de vermos que o pretendente janta. Desde sempre, em Veneza, a *table d'hôte*[12] de Candide tem sido o refúgio de monarcas necessitados de tronos – ela não se reconheceria sem seus *rois en exil*[13]. O exílio é agradável e reconfortante, a gôndola os trata delicadamente. Seu movimento é um calmante, seu silêncio, um filtro, e pouco a pouco ela embala todas as ambições até o sono. O proscrito tem muito vagar para escrever suas proclamações e mesmo suas memórias, e acredito que tem órgãos para publicá-las, mas o único ruído que faz no mundo é o inofensivo bater de seus remos. Ele vai e vem ao longo do Canalazzo, e poderia ter ocupação muito pior. No entanto, ele é apenas uma das coisas interessantes que podem ser vistas, e não estou de modo algum certo de que seja a mais digna de nota. Tem um rival, se não na ponte de ferro, que, infelizmente, está dentro de nosso alcance, pelo menos – para tomar um exemplo imediato – no Palácio Montecuculi. Decaído e cansado, mas belo em sua encurvada idade avançada, com suas adoráveis proporções, seus delicados arcos arredondados, seus entalhes e seus discos de mármore, este é o mal assombrado Montecuculi. Quem quer que tenha benevolência para com a intriga veneziana, gosta de lembrar que ele foi no passado propriedade, por alguns meses, de Robert Browning; este, porém, nunca viveu nele, e morreu no esplêndido Rezzonico, residência de seu filho e um maravilhoso "documento" cosmopolita, que, tal como se apresenta, em uma admirável posição, mas

---

[12] Em francês no original, "mesa comum em que várias pessoas reunidas comem por preço fixo em restaurante ou pensão". A passagem remete a um episódio do *Candide* de Voltaire. (N.T.)

[13] Em francês no original, "reis no exílio". (N.T.)

um pouco abaixo no Canal, quase podemos ver, mesmo com a curva, da janela em que estamos. Esse grande edifício do século XVII, que se lança sobre a água com uma rebuscada e peculiar segurança, certo arremesso para o alto da cornija que lhe dá um ar de cavalo-marinho empinado, ornamenta imensamente – tanto pelo interior quanto pelo exterior – o amplo ângulo que ele domina.

Há uma grandeza mais formal no alto quadrado do gótico Foscari, logo abaixo, uma das mais nobres criações do século XV, uma obra-prima de simetria e majestade. Destinado hoje a usos oficiais – é propriedade do Estado –, parece consciente da consideração de que usufrui, e é uma das poucas grandes casas dentro de nosso alcance cuja velhice nos parece robusta e indolor. É visivelmente "conservado"; talvez seja conservado demais; talvez eu esteja errado ao pensar tão bem dele. Essas dúvidas e esses temores passam rápido por minha mente – sou facilmente vítima deles quando se trata de uma questão de arquitetura –, como tendem a fazer hoje, na Itália, quase por toda parte, na presença do belo, do profanado ou do negligenciado. Sentimos nesses momentos como se o olho de Ruskin estivesse sobre nós; ficamos nervosos e perdemos nossa confiança. Isso me faz inevitavelmente buscar, ao falar de Veneza, uma segurança pusilânime no trivial e no óbvio. Estou em terreno firme ao me deleitar com o pequeno jardim defronte a nossas janelas – outra prova de que realmente nos mostram tudo – e ao sentir que os jardins de Veneza mereceriam uma página só para eles. São infinitamente mais numerosos do que o que o estrangeiro recém-chegado pode supor; abrigam-se com um encanto todo próprio nos intrincados fundos da maioria das construções. Alguns deles são primorosos, muitos são grandes, e mesmo os mais desiguais têm um entendimento habilidoso, no interesse da cor, com as vias aquáticas que beiram suas fundações. Pelos pequenos canais, na busca de entretenimento, eles são as melhores de todas as surpresas. O emaranhamento de plantas e flores abarrota as paredes escalavradas, o verde faz um arranjo com o reles tijolo róseo. De todas as coisas refletidas e liquefeitas em Veneza, e o número delas é incontável, acho que são eles que a água marulhante prefere. São numerosos no Canalazzo, mas onde quer que ocorram dão uma pincelada no quadro e, em particular, o que é fácil de intuir, conferem graça à casa. Assim, os elementos estão completos – o trio de ar e de água e de coisas que brotam. Veneza sem eles seria sobretudo uma questão de marés e pedras. Mesmo as pequenas latadas dos *traghetti* importam de modo encantador como lembretes, em meio a tanto artifício, da natureza silvestre do homem. As folhas de vinha, estiradas em estacas horizontais, formam um telhado de sombra quadriculada para os gondoleiros e barqueiros, que ali cochilam, se há ocasião, ou conversam ou saúdam o passageiro que se aproxima. Não há "zumbido" em Veneza, de modo que suas vozes chegam longe; entram por nossas janelas e se misturam até mesmo com nossos sonhos. Peço ao leitor que acredite que, se eu tivesse tempo para tratar de tudo, trataria dos *traghetti*, que têm seus modos e sua moral, e que costumam ter sua devoção. Essa devoção era sempre por uma *madonnina,* a protetora da passagem – uma graciosa figura da Virgem com o lampejo vermelho de uma lâmpada a seus pés. As lâmpadas, na maior parte, parece que desapareceram, e as imagens sem dúvida foram vendidas para *bric-à-brac*. Os barqueiros, que eu saiba, se converteram ao niilismo – uma fé felizmente coerente com um bom negócio. Uma das figuras subsistiu, porém – a Madonnetta que dá o nome a um *traghetto* perto do Rialto. No entanto, essa encantadora sobrevivente é uma pedra esculpida inserida há muito tempo no canto de um antigo palácio e sem dúvida difícil de remover. *Pazienza,* virá o dia em que uma relíquia tão negociável será extraída de sua base e comprada pelo americano devorador. Sustento, pensando bem, essa expressão, mas me arrependo dela quando me lembro de que é uma americana devoradora – uma senhora há muito residente em Veneza e cujas bondades todos os venezianos, bem como seus compatriotas, conhecem – quem reacendeu alguns dos círios extintos, erguendo em especial o grande e destemido relicário gótico, de madeira pintada e dourada, que, no topo de seu maciço *palo,* irradia sua influência sobre o lugar de passagem em frente à Salute.

    Se não posso tratar daqueles palácios que esse tortuoso discurso deixou para trás, muito menos posso eu tratar das grandes galerias da Academia, que ergue sua parede cega, encimada pelo leão de São Marcos, bem dentro da visão que se tem a partir das janelas em que ainda nos demoramos. Esse extraordinário templo da arte veneziana – embora ele prometa pouco do lado de fora – sobrepaira, de certo modo, ao Grande Canal, mas se chegássemos a transpor sua soleira, vaguearíamos irreversivelmente. Ele possui, em algumas de suas salas mais magníficas – onde os tetos têm toda a glória com que só a imaginação de Veneza podia recobrir em arco uma sala –, alguns dos mais nobres quadros do mundo; e, quer voltemos ou não a eles em alguma ocasião em especial para vê-los de novo, é sempre uma satisfação saber que estão ali, na medida em que a percepção deles naquele lugar faz parte do equipamento do espírito – a percepção deles ao alcance, por trás de todas as paredes e sob todos os revestimentos, como o reverso inevitável de uma medalha, do lado exposto ao ar, que reflete, intensifica, completa a cena. Em outras palavras, como o destino inevitável de Veneza era o de ser pintada, e pintada com paixão, assim o vasto mundo pictórico se torna, quando estamos ali, e por mais que nos ocupemos de nossos assuntos, a moradia constante de nossos pensamentos. A verdade é que estamos nele tão ininterruptamente, em casa e fora, que dificilmente há pressão sobre nós para procurá-lo mais em um lugar do que em outro. Escolha ao acaso seu ponto de vista e deixe o quadro vir até você. Sei que foi por isso que eu não falei mais sobre os aspectos do Canalazzo que ocupam a extensão entre a Salute e a posição que tão obstinadamente assumimos. Todavia, está ainda ali diante de nós, e o delicioso e pequeno Palazzo Dario, intimamente familiar dos viajantes ingleses e americanos, sobressai na claridade em perspectiva. O Dario é revestido por pequenas placas de mármore e discos esculpidos os mais encantadores; é composto por peças primorosas – como se só tivesse havido o suficiente para fazê-lo pequeno –, de modo que, em sua extrema antiguidade, ele se parece bastante com um castelo de cartas que se sustenta graças a um direito que seria fatal tocar. Uma velha casa veneziana resiste de fato a morrer, e eu deveria acrescentar que essa coisa delicada, submissa em cada um de seus aspectos, continua a resistir ao contato de gerações de inquilinos. É alugada por andares (costumava ser alugada no todo), e em quantas mãos ávidas – pois é muito requisitada –, sob quantas arrumações transitórias, não a conhecemos e a apreciamos? As pessoas estão sempre escrevendo antecipadamente para reservá-la, tal como fazem para reservar o gondoleiro de Jenkins, e quando nossa gôndola passa vemos rostos estranhos nas janelas – embora com toda certeza possamos reconhecê-los – e o milionésimo artista que chega com seus pertences na abertura para a água. O pequeno e paciente Dario é uma das mais viçosas barracas da feira.

Os rostos na janela olham para o grande Sansovino – o esplêndido edifício que é agora ocupado pelo prefeito. Sinto decididamente que não me contraponho como deveria aos palácios dos séculos XVI e XVII. Suas pretensões se impõem a mim, e a imaginação os povoa mais livremente do que pode povoar os interiores dos mais antigos. Além do mais, essa obra-prima de Sansovino não foi outrora ocupada pelos Correios venezianos e não esteve assim intimamente relacionada com uma indelével primeira impressão do autor destas observações? Maravilhado e palpitante, ele chegara, há vinte e três anos, depois do anoitecer, e, primeira coisa no dia seguinte, se encaminhara aos Correios para pegar suas cartas. Elas haviam ficado à espera por longo tempo, estando cheias de interesse atrasado, e ele voltou com elas para a gôndola e seguiu lentamente pelo Canal. A mistura, o arroubo, o maravilhoso templo da *poste restante*, a bela estranheza, tudo humanizado por boas notícias – a memória disso ainda vive com ele, de modo que sempre provém da esplêndida margem de que falo certo apelo secreto, algo que parece ter sido expresso primeiramente nos sonoros aposentos da juventude. Naturalmente, essa associação cai por terra – ou melhor, mergulha na água – se sou vítima de uma confusão. O edifício em questão *era* há vinte e três anos a agência do correio, que ocupou depois, por muito tempo, instalações muito mais humildes? Receio seguir os passos adequados para descobrir, temendo vir a saber que durante esses anos orientei mal minha emoção. Uma melhor razão para o sentimento, de qualquer modo, é que esse grande prédio tem seguramente, na alta beleza de seus andares, um refinamento próprio. Fazem com que se pense nos coliseus e aquedutos e pontes, e constituem sem dúvida, em Veneza, o mais perdoável espécime da imitação. Tenho até mesmo uma tímida benevolência para o imenso Pesaro, bem adiante no Canal, cujo principal erro, mais ainda do que a vulgaridade de suas formas, é seu tamanho arrogante, sua falta de consideração pelo quadro geral, que os exemplos iniciais tão reverentemente respeitam. O Pesaro está tão fora do quadro quanto um hotel moderno, e o Cornaro, perto dele, ultrapassa quase igualmente a modéstia da arte. Todavia, eles e seus parentes fazem mais uma coisa, devo acrescentar, pela qual, infelizmente, podemos tratá-los com menos condescendência. Fazem até mesmo a mais elaborada civilização material da atualidade parecer aflitivamente encolhida e *bourgeoise*, pois simplesmente – refiro-me aos maiores palácios – não se pode viver neles da forma como foram planejados. O inquilino moderno pode ler todas as revistas, mas não dobrará o arco de Aquiles. Ele ocupa o lugar, mas não o preenche, e recebe convidados das hospedarias vizinhas vestindo *ulsters*[14] e carregando *Baedekers*. No Pesaro estamos longe, aliás, de nossa sedutora janela, e aproveitamos isso para seguir melancolicamente até o fim. A longa vista direta do Foscari até o Rialto, o grande trecho central do Canal, contém, por assim dizer, uma centena de objetos de interesse, mas contém sobretudo a clara singularidade de seu ar geral de Dilúvio. Em todos esses séculos nunca se recuperou de sua semelhança com uma cidade inundada; por uma razão ou outra, é a única parte de Veneza em que as casas dão a impressão de que as águas as alcançaram. Em todas as outras partes, ajustam contas com elas – escolheram-nas; só aqui a via marítima que se sobrepõe parece admitir-se como sendo um acidente.

Há pessoas que consideram como o mais tedioso trecho de Veneza essa longa, alegre, miserável e manchada perspectiva, em que, com seu imenso campo de confuso reflexo, as casas têm infinita variedade. Não era tedioso, imaginamos, para Lorde Byron, que viveu no palácio do meio dos três palácios Mocenigo, onde ainda é mostrada a mesa de escrever em que ele deu livre curso a suas paixões. Para outros observadores ele é suficientemente animado por uma criação tão encantadora quanto o Palazzo Loredan, outrora uma obra-prima e hoje sede do *Municipio*, para não falar de muitos outros imemoriais pedaços cuja beleza ainda tem algum grau de frescor. Algumas das mais tocantes relíquias da antiga Veneza estão aqui – pois foi aqui que ela precariamente se agrupou –, despontando de uma submersão mais impiedosa que a do ar. Quando nos aproximamos do Rialto, o quadro declina e é coberto por uma comparativa trivialidade. Há uma larga calçada de cada lado do Canal, onde o barqueiro – e quem em Veneza não é barqueiro? – está propenso

---

[14] Tipo de sobretudo de lã grossa. (N.T.)

a buscar descanso. Falo dos dias de verão – é a Veneza de verão que é a Veneza visível. As grandes barcaças revestidas de piche são arrastadas para as *fondamenta*[15], e os barqueiros, com as pernas descobertas e vestindo roupas de algodão azul desbotado, deitam adormecidos sobre as pedras quentes. Se não houvesse nenhuma cor em mais parte alguma, haveria o suficiente em suas pessoas bronzeadas. Metade das portas baixas se abre para o interior quente de lojas de bebidas à beira d'água, e aqui e ali, no cais, sob a placa que encima a porta, há frouxas mesas e cadeiras. Onde em Veneza não há a diversão peculiar? O tom nessa parte é muito vívido, e é em grande medida o dos rostos morenos plebeus a olhar de dentro das casas que formam uma miscelânea de remendos – os rostos de gordas mulheres vestidas informalmente e de outras pessoas simples que não estão cientes de que usufruem, a partir dos balcões outrora sem dúvida patrícios, de uma vista pela qual os instruídos do mundo atravessavam milhares de milhas para invejá-las. O efeito é acentuado pelas roupas em farrapos penduradas para secar nas janelas, pelos trapos desbotados pelo sol que esvoaçam nas balaustradas polidas – estas, com o tempo, ficam lisas como marfim; e toda a cena se beneficia da lei geral que torna a decadência e a ruína em Veneza mais brilhantes do que qualquer prosperidade. A deterioração, neste extraordinário lugar, tem matiz dourado, e a miséria é *couleur de rose*. As gôndolas das pessoas de classe são de cor negra absoluta, mas os barcos pobres de trabalho das ilhas são caleidoscópicos.

A ponte do Rialto é um nome de poder mágico, mas, falando sinceramente, não é exatamente a joia da composição. Há naturalmente dois modos de considerá-la – a partir da água ou a partir da passagem superior, onde as pequenas lojas e barracas são cheias de caráter veneziano, mas ela importa sobretudo como um aspecto do Canal quando vista a partir da gôndola ou até mesmo a partir do horrível *vaporetto*[16]. A grande curva de seu único arco merece todo elogio, especialmente quando, vindo dos lados da estação ferroviária, você o vê enquadrando, com sua bem definida linha de compasso, a imagem perfeita, o Canal

---

[15] Em italiano no original, *fondamenta* é um substantivo feminino plural que significa "aterramento" e que em Veneza designa calçadas, vias de circulação à margem dos canais. (N.T.)

[16] Em italiano no original, pequeno barco que faz o transporte coletivo em Veneza. (N.T.)

a se estender do outro lado. Mas a parte posterior das pequenas lojas forma, vista a partir da água, uma corcunda coletiva desajeitada; é a vista interna que é interessante. O grande arco da ponte – como os arcos de todas as pontes – é amigo do barqueiro no tempo chuvoso. As gôndolas, quando chove, se agrupam ao lado dos barcos cheios de pessoas, e as jovens hospedadas nos hotéis, vagamente inquietas, queixam-se de um contato como o de insetos. Aqui de fato há um pouco de tudo, e os joalheiros desse festejado local – eles têm sua imemorial travessa – fazem uma exibição quase tão bela quanto a dos fruteiros. Trata-se de um mercado universal, e um belo lugar para estudar os tipos venezianos. A produção das ilhas é descarregada ali, e os peixeiros anunciam sua presença. Todos os sentidos de uma pessoa são de fato vigorosamente atacados; todo o lugar é violentamente quente e luminoso, cheio de odores e ruídos. O revolvimento da hélice do *vaporetto* se mistura com os outros sons – não que essa nota ofensiva esteja confinada a uma parte do Canal. Mas exatamente aqui os pequenos píeres do ressentido vapor estão particularmente próximos uns dos outros, e ele parece de algum modo estar sempre levantando água. À medida que avançamos, vemos que para exatamente sob as gloriosas janelas da Ca' d'Oro. Escolheu bem sua posição, e quem o contrariará por ter se posto sob a proteção da mais romântica fachada da Europa? A convivência de tais objetos é um símbolo; expressa de maneira superior o presente e o futuro de Veneza. Perfeita, no passado, era a Ca' d'Oro de mármore, com os nobres recessos de suas *loggie*[17], mas mesmo então ela provavelmente nunca "satisfez uma necessidade", como o bem-sucedido *vaporetto*. Se, porém, não vamos tratar do Museo Civico – o antigo Museo Correr, que erige uma fachada viva e renovada adiante à esquerda, perto da estação –, também nos deveremos manter a distância da grande e discutida questão do vapor no Canalazzo, assim como há pouco prudentemente nos mantivemos à distância da Accademia. Esses passeios são caros e complicados. É óbvio que se os *vaporetti* contribuíram para a ruína dos gondoleiros, já duramente atingidos pelo destino, e para a dos palácios, cujas fundações suas ondas solapam, e que se roubaram do Grande Canal a suprema distinção de sua tranquilidade, colocaram, por outro lado,

---

[17] Em italiano no original, plural de *loggia*, "galeria ou arcada aberta". (N.T.)

o "trânsito rápido", na expressão de Nova York, ao alcance de todos, e permitiram a todos – salvo, é claro, aqueles que não o fariam de modo algum – correr por Veneza tão furiosamente quanto as pessoas correm por Nova York. A conveniência desse resultado não precisa ser salientada.

Mesmo nós, no irresistível contágio, estamos seguindo tão rapidamente que só temos tempo para anotar a maneira inteligente e cara como o Museo Civico, o antigo Fondaco dei Turchi, foi reconstruído e restaurado. É um clarão de mármore branco por fora, e uma série de salas majestosas e aparatosas por dentro, onde mil lembranças e relíquias da antiga Veneza estão reunidas e classificadas. De sua miscelânea de tesouros, temo que eu possa talvez frivolamente preferir a série dos notáveis e vívidos Longhi, uma ilustração de costumes mais rica do que o celebrado Carpaccio, as duas senhoras com seus pequenos animais e suas longas bengalas. Maravilhosos de fato são hoje os museus da Itália, onde as renovações e a *belle ordonnance*[18] falam de fundos aparentemente ilimitados, a despeito do fato de os numerosos guardiães parecerem claramente mortos de fome. Qual é a fonte pecuniária de toda essa magnificência cívica – ela é mostrada de uma centena de outros modos – e como as cidades italianas conseguem haver-se com despesas que seriam enormes para comunidades mais ricas e sem dúvida menos estéticas? Quem paga as contas das expressivas estátuas apenas, da abundância generalizada de esculturas, com que toda *piazzetta* de quase toda aldeia é patrioticamente ornamentada? Não procuremos uma resposta para a intrigante pergunta, mas, ao contrário, observemos que estamos passando pela embocadura do populoso Canareggio, a segunda mais larga das vias aquáticas, onde a raça de Shylock reside, e em cuja esquina a grande igreja pálida de San Geremia se ergue graciosamente em guarda. O Canareggio, com seus largos passeios laterais e pontes encurvadas, realiza na festa de São João um admirável teatro ruidoso e aparatoso para uma das mais belas e mais infantis das procissões venezianas.

O resto do passeio é de uma magnificência reduzida, a despeito de trechos interessantes, da maltratada pompa do Pesaro e do Cornaro, das recorrentes lembranças da realeza em exílio que se

---

[18] Em francês no original, "belo arranjo". (N.T.)

reúne em torno do Palazzo Vendramin Calergi, outrora residência do Comte de Chambord e ainda residência de seu meio irmão, a despeito também dos grandes jardins Papadopoli, em frente à estação, os maiores terrenos particulares de Veneza, mas dos quais Veneza em geral recebe sobretudo o benefício sob a forma usual de irrepreensível vegetação que sobe pelas paredes e se inclina para a água. A igreja rococó dos Scalzi fica ali, toda mármore e malaquita, toda um resplendor frio e duro, e uma feiura cara e encaracolada, e aqui também, em frente, no topo de seus altos degraus, fica San Simeone Profeta, eu não diria imortalizado, mas descaradamente mal representado pelo pérfido Canaletto. Não me prolongarei para destrinçar o mistério das imperícias desse prosaico pintor; ele falsificava sem fantasia, e como, ao que parece, transpunha livremente os objetos que reproduzia, nunca se tem certeza quanto à vista específica que pode ter constituído seu tema. Ela pareceria exatamente tal lugar se quase tudo não fosse diferente. San Simeone Profeta parece estar pendurado ali na parede, mas está do lado errado do Canal, e os outros elementos deixam de corresponder. Nossa confusão é grande, porque não se sabe que tudo não pode ter de fato mudado, mesmo além de toda probabilidade – embora seja apenas na América que igrejas cruzam a rua ou o rio –, e a mistura do reconhecível e do diferente torna a ambiguidade enlouquecedora, sobretudo porque o pintor é quase tão atraente quanto ruim. Graças de qualquer modo à igreja branca, com sua cúpula e seu pórtico, no topo de seus degraus, o viajante que emerge pela primeira vez na frente da estação ferroviária parece ter um Canaletto diante dele. Rapidamente descobre, mesmo ante essa cena dos acentos finais do Canalazzo – há um encanto nos velhos armazéns rosa na quente *fondamenta* –, que ele tem algo muito melhor. Olha de um lado para outro as gôndolas reunidas; tem uma surpresa afinal, sua primeira pequena emoção veneziana; e como a saída da estação desemboca nessas coisas não falaremos mal dela, embora não seja bonita. É o começo da experiência do viajante, mas é o fim do Grande Canal.

1892

Veneza: uma primeira impressão

Haveria muito o que dizer sobre esse dourado encadeamento de cidades históricas que se estende de Milão a Veneza, em que os próprios nomes – Brescia, Verona, Mântua, Pádua – são um ornamento para a frase, mas eu deveria me apoiar em lembranças de três anos atrás e fazer de minha breve história uma história longa. Somente de Verona e de Veneza tenho impressões recentes, e mesmo a estas devo fazer rápida justiça. Cheguei a Veneza, tal como fizera antes, pelo fim de um dia de verão, quando as sombras começam a se alongar e a luz a se inflamar, e vi que as sensações resultantes suportavam a repetição de modo notavelmente bom. Houve o mesmo último intolerável atraso em Mestre, logo antes de o primeiro olhar sobre a laguna confirmar o já distinto cheiro de mar que acrescentou velocidade ao voo precursor da imaginação; depois o nível líquido, margeado ao longe por seu grupo de cúpulas e flechas indistintas, logo distinguidas e proclamadas, porém, na medida em que entusiasmadas e litigiosas cabeças se multiplicam nas janelas do trem; depois seu longo estrondo na imensa ponte ferroviária branca, que, a despeito do hostil contraste esboçado, e muito adequadamente, por Ruskin entre a antiga e a nova chegada, realmente, de certo modo, brilha através do colo verde da laguna como uma pujante estrada de mármore; depois o mergulho na estação, que seria exatamente similar a qualquer outro mergulho a não ser por um pequeno fato

– que a tônica da grande mistura de vozes na saída não é "Táxi, senhor!", mas "Barca, signore!".

Não pretendo, porém, seguir o viajante por todas as fases de sua iniciação, sob o risco de estigmatizar Veneza, sem possibilidade de conserto, como o supremo fantasma da literatura; embora de minha parte eu considere que para um apetite romântico saudavelmente refinado o assunto não pode ser muito difusamente tratado. Tendo encontrado na Piazza, na noite de minha chegada, um jovem pintor americano que me disse que tinha passado o verão exatamente onde o encontrei, eu podia tê-lo atacado por pura inveja. Ele estava pintando sem dúvida o interior de São Marcos. Ser um jovem pintor americano não confuso pela alma zombeteira e ardilosa das coisas e satisfeito com sua superfície e sua forma inteiramente banhadas de luz; com olho hábil; apreciador da cor, do mar e do céu e de tudo o que possa ocorrer entre eles; de renda antiga e de brocado antigo e de mobília antiga (mesmo quando feita sob encomenda); de harmonias amadurecidas pelo tempo sobre telas sem nome e felizes contornos em velhas gravuras baratas; passar as manhãs em análise silenciosa e produtiva dos agrupamentos de sombras da Basílica, as tardes em qualquer parte, numa igreja ou num *campo*, num canal ou na laguna, e as noites em conversas à luz das estrelas no Florian, sentindo a brisa marinha pulsar languidamente entre os dois grandes pilares da Piazzetta e sobre as cúpulas baixas e negras da igreja – isso, penso eu, é ser tão feliz quanto coerente com a preservação da razão.

O mero uso do olho em Veneza é felicidade suficiente, e observadores generosos acham difícil manter um relato de seus ganhos nessa linha. Tudo aquilo que a atenção toca mantém a atenção, fica jogando com ela – graças a alguma inescrutável lisonja da atmosfera. Seu gondoleiro moreno, de camisa branca, contorcendo-se sob a luz, parece-lhe, enquanto você fica em contemplação sob seu toldo, um símbolo permanente do "efeito" veneziano. A luz aqui é de fato um poderoso mágico e, com todo o respeito a Ticiano, Veronese e Tintoretto, o maior de todos os artistas. Você precisa ver nos próprios locais o material com que ela lida – tijolo lodoso, mármore desgastado e sujo, farrapos, imundície, deterioração. Mar e céu parecem encontrar-se a meio do caminho, misturar suas tonalidades em uma suave iridescência, um resplandecente composto de onda e nuvem e uma centena de reflexos locais sem nome, e depois lançar o claro tecido contra todo objeto de visão. Você pode ver esses elementos em atuação por toda parte, mas para vê-los em toda sua intensidade você deve escolher o mais belo dia do mês e deixar-se vogar bem longe na laguna em direção a Torcello. Sem fazer esse passeio, você dificilmente pode pretender conhecer Veneza ou compartilhar esse anseio por puro fulgor que animava seus grandes coloristas. É um perfeito banho de luz, e eu não poderia livrar-me da fantasia de que estávamos fendendo a atmosfera superior num veloz barco de nuvens. Em Torcello não há nada a não ser a luz para se ver – nada, a não ser uma espécie de banco de areia com vegetação, cortado por um único e estreito riacho, que funciona como canal, e ocupado por um pobre conjunto de cabanas, aparentemente as moradias de horticultores e pescadores, e por uma igreja em ruínas do século XI. É impossível imaginar exemplo mais pungente de decadência negligenciada. Torcello era a cidade-mãe de Veneza, e agora jaz ali, mero vestígio que se desfaz, como um grupo de ossos de antepassados esbranquiçados pelo tempo e deixados impiedosamente insepultos. Parei minha gôndola na embocadura da rasa enseada e caminhei ao longo da vegetação ao lado de uma cerca até a catedral simplória e caindo aos pedaços. O encanto, na Itália, de certos espaços vazios cobertos de vegetação, limitados por massas de alvenaria esburacada pelo sol de séculos, é algo a cuja tentativa de exprimir renuncio de uma vez por todas, mas você pode estar certo de que, sempre que eu mencionar tal lugar, se esconde nele o encantamento.

Um delicioso silêncio cobria o pequeno *campo* em Torcello; não me recordo de nenhum tão sutilmente audível a não ser o da Campagna romana. Não havia vida, a não ser o tremor visível do ar brilhante e os gritos de uma meia dúzia de crianças que seguiam nossos passos e clamavam por moedas. Essas crianças, aliás, eram os pirralhos mais belos do mundo, e cada um era dotado de um par de olhos que só podiam ter significado o protesto da natureza contra a mesquinhez da fortuna. Estavam quase tão nus quanto selvagens, e suas pequenas barrigas eram protuberantes como as de crianças canibais nas ilustrações de livros de viagem, mas enquanto corriam e se esparramavam na grama suave e espessa, sorrindo largamente como querubins subitamente transladados e mostrando seus pequenos dentes famintos, sugeriam forçosamente que a melhor garantia de felicidade neste mundo será encontrada no máximo de inocência e no mínimo de riqueza. Um garotinho – conformado, se uma criança pode sê-lo, para ser a alegria de uma *mamma* aristocrática – era a criatura mais expressivamente bela que eu jamais vira. Tinha um sorriso de fazer Corregio suspirar no túmulo; e no entanto aqui ele estava correndo alegremente entre os arvoredos mirrados pelo mar, na margem desolada de um mundo em decadência, preludiando um apagado ou negro destino? Na verdade a natureza ainda está em disputa com a adequação; embora, se nunca realmente se harmonizem, temo que a natureza perderá sua distinção. Um pequeno cidadão de nossa própria república, de cabelo liso, olhos claros e sardento, devidamente detestável e catequizado, a caminho de uma escola da Nova Inglaterra, é um objeto com frequência visto e logo esquecido, mas penso que sempre me lembrarei com infinita e terna conjectura, enquanto os anos passam, desse pequeno e inculto Eros do litoral Adriático. No entanto, nem tudo o que era jovem em Torcello era alegre, pois o pobre jovem que nos trouxe a chave da catedral estava tremendo com calafrios, e sua melancólica presença parecia indicar a moral da nave e do coro abandonados. A igreja, admiravelmente primitiva e curiosa, lembrou-me as duas ou três mais antigas igrejas de Roma – San Clemente e Sant'Agnese. O interior é rico em soturnos mosaicos místicos do século XII, e a miscelânea de preciosos fragmentos no piso não é inferior à de São Marcos. Mas os Apóstolos terrivelmente distintos estão dispostos contra seus fundos dourados e foscos tão rigidamente quanto granadeiros que apresentam armas – sentinelas intensamente pessoais de uma Divindade pessoal. Seu olhar pétreo parece esperar para sempre, em vão, por algum renascimento visível da ortodoxia primitiva, e podemos perguntar se se distrai com as tropas de heréticos ocidentais que olham negligentemente – sem paixão mesmo em sua heresia.

    Fiquei curioso para ver se nos museus e templos de Veneza eu estaria disposto a mudar minhas antigas opiniões – queimar o que eu havia adorado e adorar o que eu havia queimado. É uma triste verdade que só se pode estar no palácio Ducal pela primeira vez numa única oportunidade, com a sensação deliciosamente pesada de que essa determinada meia hora constituía uma era em nossa história espiritual, mas tive a satisfação de descobrir pelo menos – grande conforto em uma breve estada – que nenhuma de minhas antigas lembranças trocaria de lugar e que eu poderia recuperar minhas admirações onde as havia deixado. Ainda acho Carpaccio encantador, Veronese magnífico, Ticiano supremamente belo e Tintoretto difícil de ser avaliado. Dirigi-me de imediato à pequena igreja de San Cassano, que possui a menor das duas grandes Crucificações de Tintoretto; e quando já havia olhado para ela um pouco, dei um longo suspiro e senti que podia agora encarar qualquer outra pintura em Veneza com adequada serenidade. Parecia-me que eu havia avançado ao limite mais extremo da pintura; que, para além disso, começa outra arte – poesia inspirada –, e que Bellini, Veronese, Giorgione e Ticiano, todos dando as mãos e tensionando cada músculo de seu gênio, vão adiante mas não tão longe, de modo que deixam um espaço visível em que só Tintoretto é mestre. Lembro-me bem das exaltações a que ele me levou quando aprendi a conhecê-lo, mas o fulgor desse assombro comparativamente juvenil está morto, e com ele, temo eu, essa vivacidade confiante da frase da qual, ao tentar exprimir minhas impressões, eu senti menos a grandiloquência que a impotência. Em seu vigor há muitos pontos fracos, deslizes misteriosos e interrupções intermitentes, mas quando a lista de seus defeitos está completa, ele ainda permanece para mim como o mais *interessante* dos pintores. Sua reputação se apoia principalmente em uma espécie mais superficial de mérito – sua energia, sua produtividade insuperável, o fato de ser, como diz Théophile Gautier, *le roi des fougueux*[19]. Essas qualidades são imensas, mas a grande fonte de sua capacidade de impressionar é que sua mão infatigável nunca traçou uma linha que não fosse, por assim dizer, uma linha moral. Nenhum pintor nunca teve tal amplitude e tal profundidade; e mesmo Ticiano, ao lado dele, dificilmente figura como mais do que um grande artista decorativo. O sr. Ruskin, cuja eloquência ao tratar dos grandes venezianos às vezes ultrapassa sua discrição, gosta de falar até mesmo

---

[19] Em francês no original, "o rei dos impetuosos". (N.T.)

de Veronese como um pintor de profundas intenções espirituais. Isso, parece-me, é forçar muito as coisas, e o autor de *O rapto de Europa* não é, pictoricamente falando, maior casuísta do que qualquer outro gênio de supremo bom gosto. Ticiano era seguramente um vigoroso poeta, mas Tintoretto – bem, Tintoretto era quase um profeta. Diante de suas maiores obras, você tem consciência de uma súbita dissipação de antigas dúvidas e antigos dilemas, e o eterno problema do conflito entre idealismo e realismo morre da mais natural das mortes. Em seu gênio o problema está praticamente solucionado; as alternativas estão tão harmoniosamente fundidas, que desafio o mais agudo crítico a dizer onde um começa e o outro termina. A prosa mais tosca se transforma na mais etérea poesia – o literal e o imaginativo confundem completamente sua identidade.

Isto, porém, é elogio vago. O grande mérito de Tintoretto, a meu ver, era sua inigualável clareza de visão. Quando concebia o embrião de uma cena, esta se definia para sua imaginação com uma intensidade, uma amplitude, uma individualidade de expressão, que fazem com que a observação de seus quadros pareça menos uma operação do espírito que uma espécie de experiência suplementar de vida. Veronese e Ticiano estão satisfeitos com uma especificação muito mais indefinida, como abundantemente o prova seu tratamento de qualquer tema que o autor da *Crucificação* de San Cassano tenha também tratado. Há poucos contrastes mais sugestivos do que aquele entre a ausência de um caráter total proporcional à dispersa variedade e ao brilhantismo nas *Bodas de Caná* de Veronese, que está no Louvre, e a tocante, quase assustadora, consumação da ilustração desse tema por Tintoretto na igreja da Salute. Comparar sua *Apresentação da Virgem,* na Madonna dell'Orto, com a de Ticiano, na Academia, ou sua *Anunciação* com a de Ticiano, bem próxima, é avaliar a diferença essencial entre observação e imaginação. Certamente não se disse tudo o que há para se dizer sobre Ticiano quando foi considerado como observador. *Il y mettait du sien*[20], e uso o termo para designar grosseiramente o artista cuja apreensão, infinitamente profunda e forte quando aplicada a uma única figura ou a grupos facilmente equilibrados, se dissipa inutilmente em

---

[20] Em francês no original, "dar prova de boa vontade", "fazer concessões". (N.T.)

grandes combinações dramáticas – ou antes as deixa desniveladas. Era toda a cena que Tintoretto parecia ter contemplado em um instante de inspiração intensa o suficiente para imprimi-la indelevelmente em sua percepção; e era toda a cena, completa, particular, individualizada, sem precedente, que ele confiava à tela com toda a veemência de seu talento. Compare-se sua *Última ceia*, em San Giorgio – a longa mesa disposta em diagonal, a amplidão escura, as lâmpadas e os halos dispersos, as figuras sobressaltadas e gesticulantes, o primeiro plano ricamente realista – com a representação costumeiramente formal do tema, quase matemática, em que a comoção parece ter sido buscada mais na eliminação do que na inclusão. Você recebe da obra de Tintoretto a impressão de que ele *sentiu*, pictoricamente, o grande, o belo, o terrível espetáculo da vida humana tal como Shakespeare o sentiu poeticamente – com um coração que nunca deixou de bater um acompanhamento apaixonado para cada toque de seu pincel. Graças a esse fato suas obras são singularmente graves, e sua deterioração quase universal e rapidamente crescente não atenua seu aspecto sombrio. De fato, nada pode ser mais triste do que a grande coleção de Tintorettos em San Rocco. Irremediável negrume se instala rapidamente em todos eles, que olham para você com ar sério através do sombrio esplendor das grandes salas, como lúgubres fantasmas crepusculares de quadros. Para os filhos de nossos filhos, Tintoretto, do jeito que as coisas vão, poderá ser pouco mais do que um nome; e aqueles que perderão a beleza trágica, já tão obscurecida e maculada, da grande *Subida do Calvário*, nesse templo de seu espírito, viverá e morrerá sem conhecer a mais ampla eloquência da arte. Se você quiser acrescentar o último toque de solenidade ao lugar, relembre tão vividamente quanto possível, enquanto você se demora em San Rocco, o retrato singularmente interessante do próprio pintor, no Louvre. O velho homem olha da tela sob um semblante tão triste quanto um crepúsculo sem sol, com apenas essa desesperança estoica que você poderia imaginar que exibisse se ele estivesse ao seu lado olhando para suas telas em deterioração. Não é estapafúrdio lê-la como o rosto de um homem que sentia ter dado ao mundo mais do que o mundo provavelmente restituiria. De fato, diante de cada quadro de Tintoretto você pode lembrar-se com proveito desse formidável retrato. De um lado, o poder, a paixão, a ilusão de sua arte; de outro, o cansaço moral de seu espírito. O conhecimento que o mundo tem dele é tão pequeno, que o retrato lança uma luz sem dúvida duplamente preciosa sobre sua personalidade; e quando indagamos em vão que tipo de homem ele era, e quais eram seu propósito, sua fé e seu método, podemos certamente encontrar ali vigorosa afirmação de que eram, de qualquer modo, sua vida – uma das mais intelectualmente apaixonadas já vividas.

Verona, que foi minha última etapa italiana, é, em qualquer condição, uma cidade deliciosamente interessante, mas a benevolência da lembrança que tenho dela é aprofundada por uma experiência subsequente de dez dias na Alemanha. Levantei-me certa manhã em Verona, e fui para a cama à noite em Botzen! A afirmação não precisa de comentário, e os dois lugares, embora distantes quase cinquenta milhas, são tão dolorosamente distintos quanto seus nomes. Eu me havia preparado para oferecer a você o deleite de uma copiosa tirada sobre os modos germânicos, sobre a paisagem germânica, sobre a arte germânica e sobre o teatro germânico – sobre as luzes e sombras de Innsbruck, Munique, Nuremberg e Heidelberg; no entanto, assim que estava para pôr a pena no papel, dei uma olhada num pequeno volume sobre esse assunto, recentemente publicado pelo famoso romancista e moralista Ernst Feydeau, fruto de uma observação de verão em Homburg. Essa obra produziu uma reação; e se eu decidisse seguir o exemplo de Feydeau, quando deseja qualificar sua aprovação, eu poderia aplicar a seu tratado qualquer nome vil conhecido pela fala humana. Contento-me, porém, em considerá-lo superficial. Reflito então que minhas próprias oportunidades de ver e julgar eram extremamente limitadas, e suprimo minha tirada, para que algum crítico mais esclarecido não venha e me enforque com a mesma corda. Sua substância consistia em dizer – superficialmente – que a Alemanha é feia; que Munique é um pesadelo, Heidelberg um desapontamento (a despeito de seu encantador castelo) e até mesmo Nuremberg não é uma alegria para sempre[21]. Mas as comparações são odiosas, e se Munique é feia, Verona é suficientemente bela. Você pode rir de

---

[21] Em inglês, "a joy for ever", trecho do verso "a thing of beauty is a joy for ever", do poema "Endymion", de John Keats. (N.T.)

minha lógica, mas provavelmente concordará com minha intenção. Levei de Verona uma preciosa imagem mental a que lançava um olhar introspectivo onde quer que entre Botzen e Strasbourg a opressão da circunstância externa se tornava dolorosa. Era uma encantadora tarde de agosto na arena romana – uma ruína cujo reparo e cuja restauração foram tão atenta e plausivelmente realizados, que tudo parece uma harmoniosa antiguidade. O vasto oval de pedra subia alto contra o céu, numa única linha contínua e clara, quebrada aqui e ali apenas por desocupados passeando ou descansando. As bancadas maciças inclinavam-se em sólida monotonia para o círculo central, em que um pequeno teatro ao ar livre estava ativo. Um pequeno trecho do grande declive de alvenaria defronte ao palco era separado por corda, de modo a formar um auditório, em que um estreito espaço plano entre as luzes do piso do palco e o degrau mais baixo fazia as vezes de poço. Luzes do piso do palco são uma força de expressão, pois a representação se desenvolvia na ampla luminescência da tarde, com uma deliciosa confiança, e aparentemente de modo algum deslocada, na boa vontade dos espectadores. Não sei o que era a peça, considerada tão soberbamente capaz de bastar-se por si mesma – muito possivelmente o mesmo drama que me lembro de ter visto anunciado durante minha visita anterior a Verona, nada menos do que *La Tremenda Giustizia di Dio*. Se os títulos valem alguma coisa, esse produto da arte do melodramaturgo poderia seguramente existir por si mesmo. Ao longo das arquibancadas, acima do pequeno grupo de espectadores regulares, reunia-se um grupo de observadores não autorizados, que, embora pela distância não pudessem ouvir, deviam ser capazes, pela generosa amplitude dos gestos italianos, de seguir o emaranhado fio da peça. Tudo era deliciosamente italiano – a mistura de vida antiga e nova, a barraca do charlatão (não era mais do que isso) transplantada para o antigo circo, a presença dominante de uma vigorosa arquitetura, os desocupados e ociosos sob o benévolo céu e sobre as pedras aquecidas pelo sol. Nunca senti mais intensamente a diferença entre a experiência de vida em civilizações muito antigas e naquelas muito novas. Há outras coisas em Verona que transformam em educação liberal o fato de se ter nascido ali, embora eu não pretenda dizer que seja assim para os veroneses contemporâneos. Os Túmulos dos Escalígeros, com seus pináculos arrojados, seus baldaquinos elevados, seu belo refinamento e sua bela concentração da ideia gótica, não posso afirmar, mesmo depois de muita contemplação reverente, tê-los plenamente compreendido e apreciado. Pareceram-me plenos de profundos significados arquitetônicos, que devem um a um chegar suavemente ao espírito, depois de infinita e tranquila contemplação. Mas mesmo para o viajante apressado e preocupado, o pequeno e solene pátio da capela no coração da cidade, em que ficam cingidos por sua grande cortina de ferro trançado, é um dos pontos mais impressionantes da Itália. Em nenhuma outra parte, tal riqueza de realização artística se acumula em um espaço tão exíguo; em nenhuma outra parte, o ir e vir diários dos homens são abençoados pela presença de arte mais humana. Verona tem ainda a riqueza de outras belas igrejas – várias com belos nomes: San Fermo, Santa Anastasia, San Zenone. Esta última é uma construção de alta antiguidade e da mais tocante graça. A nave termina em um duplo coro, composto por um subcoro ou uma cripta à qual você desce e onde você perambula entre colunas primitivas cujos capitéis variadamente grotescos mal se erguem acima de sua cabeça, e por um nível coral superior, alcançado por amplas escadas do mais ousado efeito. Nunca esquecerei a impressão de castidade grandiosa que, em minha visita anterior, recebi da grande nave do prédio. Decidi então, para minha satisfação, que toda igreja é, do ponto de vista devocional, um solecismo que não tem algo de uma similar felicidade absoluta de proporção, pois a beleza formal estrita parece exprimir melhor nossa concepção da beleza espiritual. O caráter nobremente sério de San Zenone é aprofundado por sua única pintura – uma obra-prima do mais sério dos pintores, o severo e refinado Mantegna.

1872

Itália revisitada

I

Esperei em Paris até depois das eleições para a nova Câmara (ocorreram em 14 de outubro); como só depois se ficara sabendo que a famosa tentativa do Marechal MacMahon e de seus ministros para levar a nação francesa às urnas como um rebanho de carneiros confusos, cada um com a cédula de um candidato oficial no pescoço, não alcançara o sucesso que a energia do processo poderia ter prometido – somente então foi possível dar um longo suspiro e privar o partido republicano do apoio que podia ter-lhe trazido uma presença solidária. Falando também seriamente, o tempo estivera encantador – havia imaginações italianas a serem recolhidas sem deixar as margens do Sena. Dia após dia o ar se enchia de luz dourada, e mesmo aquelas vistas esbranquiçadas dos *beaux quartiers*[22] parisienses admitiam os matizes iridescentes do outono. O clima do outono na Europa é com frequência um caso tão lamentável, que um americano imparcial achará que sua consciência o obriga a chamar a atenção para um outubro sem chuva e radioso.

Os ecos da contenda eleitoral fizeram-me companhia por algum tempo, depois de eu ter iniciado essa abreviada viagem a Turim, que, quando você deixa Paris à noite, em um trem desprovido de incentivos para dormir, é uma singular mistura do odioso e do

---

[22] Em francês no original, "bairros elegantes". (N.T.)

encantador. Penso que o encantador de fato prevalece, pois a metade escura da viagem é o menos interessante. A luz da manhã o introduz nas românticas gargantas do Jura, e depois de uma grande tigela de *café au lait* em Culoz você pode se preparar tranquilamente para o clímax do espetáculo. No dia anterior à partida de Paris, encontrei um amigo francês que tinha acabado de voltar de uma visita a uma propriedade rural toscana, onde assistira à vindima. "A Itália", disse ele, "é mais encantadora do que o que as palavras podem dizer, e a França, envolvida nesse torvelinho eleitoral, não parece melhor que um fosso de ursos". A parte do fosso de ursos pela qual você viaja quando se aproxima do Mont Cenis pareceu-me nesse dia muito bela. As cores do outono, graças à ausência de chuva, eram vívidas e cintilantes, e as vinhas que balançavam suas baixas grinaldas entre as amoras nos arredores de Chambéry pareciam longos festões de coral e âmbar. A estação da fronteira em Modane, do outro lado do túnel do Mont Cenis, é um lugar muito mal organizado, mas mesmo o mais irritável dos turistas, ao chegar ali em seu caminho para o sul, estará disposto a encará-lo complacentemente. Há movimento e agitação em demasia, e as instalações disponíveis para você no processo obrigatório de abrir sua bagagem diante dos funcionários da alfândega italiana são muito mais insuficientes do que deveriam ser, mas, para mim, há algo que afasta a irritação nos surrados uniformes verdes e cinza de todos os funcionários italianos que ficam perdendo tempo e olhando os invasores do norte se agruparem em ordem unida. Usar um uniforme administrativo não estraga necessariamente o humor de um homem, como na França às vezes se é levado a pensar, pois esses excelentes italianos mal pagos portam os seus tão alegremente quanto possível, e suas respostas a nossas perguntas pelo menos não estão cercadas de espadins, botões e penachos. Depois de deixar Modane, você desliza diretamente montanha abaixo para a Itália de seu desejo; a partir desse ponto, a estrada margeia, de maneira grandiosa, esses grandes precipícios que se sucedem, em uma prodigiosa fila perpendicular, até que finalmente lhe permitem uma visão distante da antiga capital do Piemonte.

    Turim não é uma cidade de nome mágico, e pago um exorbitante tributo à emoção subjetiva ao falar dela como sendo antiga.

Se o lugar, porém, é menos intrepidamente peninsular do que Florença e Roma, pelo menos está mais na tradição dos cenários do que Nova York e Paris; e enquanto eu percorria a passo as grandes arcadas e olhava as vitrines das lojas de quarta categoria, não hesitava em cultivar um otimismo desavergonhado. Falando relativamente, Turim diz alguma coisa, mas no final uma grande coleção de casas pobremente recobertas de estuque, dispostas em rígidos retângulos, não apresenta razão para que ali se passe um dia de profunda e tranquila alegria. A única razão, temo eu, é a antiga superstição da Itália – essa propriedade da própria aparência da palavra escrita, a evocação de uma miríade de imagens, que faz qualquer amante das artes considerar mais facilmente os prazeres italianos do que outros. A palavra escrita representa algo que eternamente nos engana; trapaceamos com nossa credulidade mesmo diante de um conjunto inferior como o que nos é posto à disposição em Turim. Vaguei toda a manhã sob os altos pórticos, pensando que era uma alegria suficiente tomar nota do ar suave e quente, dessa cor local das coisas ao mesmo tempo tão irregular e tão harmoniosa, e das idas e vindas, da fisionomia e dos modos dos excelentes turinenses. Eu abrira de novo o antigo livro; o velho encanto estava no estilo; eu me encontrava em um mundo especialmente encantador. Eu nada via de eminentemente belo ou curioso, mas nosso verdadeiro provador dos pratos mais condimentados descobre quase toda a mistura em uma só porção. Acima de tudo, na entrada da Itália, ele conhece de novo o sólido e perfeitamente definível prazer de se ver entre as tradições do grande estilo arquitetônico. Deve-se dizer que ainda temos de ir lá para recuperar a noção da dimensão maciça das residências. Nas cidades do norte, há belas casas, casas dignas de um quadro e curiosas; frontões esculpidos que sobressaem sobre a rua, encantadoras sacadas, entradas com uma cobertura, elegantes proporções, uma profusão de ornamento delicado, mas um bom exemplo de um antigo *palazzo* italiano tem uma nobreza que lhe é própria. Rimos dos "palácios" italianos, de sua pintura descascada, sua nudez, sua aridez, mas eles têm a grande característica dos palácios – altura e extensão. Fazem com que coisas menores pareçam a residência de pigmeus; encurvam seus grandes arcos e espacejam suas imensas janelas com uma orgulhosa indiferença para com o custo dos materiais. Essas grandiosas proporções – os térreos colossais, as entradas que parecem destinadas a catedrais, as remotas cornijas – partilham, por contraste, uma expressão humilde e *bourgeoise*[23] com interiores baseados no sacrifício do todo pela parte, e em que o ar de grandeza depende em grande medida da ajuda do tapeceiro. Em Turim minha primeira sensação foi realmente a de renovada vergonha por nossos estilos arquitetônicos mais medianos. Se os italianos no fundo desprezam o resto da humanidade e olham-na como bárbaros, deserdados da tradição da forma, essa noção sem dúvida provém, em grande medida, de nosso modo de vida em relativos montículos de toupeira. Somente eles construiriam de fato sua civilização.

Uma impressão que, ao voltar à Itália, acho ainda mais forte do que quando a tive pela primeira vez é a do contraste entre a fecundidade do grande período artístico e a vulgaridade ali do espírito atual. As primeiras poucas horas passadas em solo italiano são suficientes para renová-la, e a questão a que aludo é, historicamente falando, uma das mais estranhas – que o povo que há apenas trezentos anos teve o melhor gosto do mundo devesse agora ter o pior; que, tendo produzido as obras mais nobres, mais belas, mais caras, devesse agora sucumbir à manufatura de objetos ao mesmo tempo feios e sem valor; que a raça de que Michelangelo e Rafael, Leonardo e Ticiano eram representantes devesse não ter outro título de distinção além das pinturas de *genre*[24] de terceira categoria e esculturas baratas – tudo isso é uma perplexidade frequente para o observador da vida italiana atual. Nestes últimos anos, a flor da "grande" arte deixou de florescer vigorosamente por toda parte, mas em nenhum outro lugar ela parece tão abatida e murcha como sob a sombra das realizações imortais do antigo gênio italiano. Você vai a uma igreja ou a um museu e deleita sua imaginação com uma esplêndida pintura ou uma primorosa obra escultórica, e ao sair pela porta que o introduziu ao belo passado você é confrontado com algo que tem o efeito de uma piada de muito mau gosto. O aspecto de seu alojamento – os tapetes, as cortinas, a tapeçaria em geral, com

---

[23] Em francês no original, "burguesa". (N.T.)

[24] Em francês no original, "gênero". (N.T.)

seu colorido cru e violento e seu material vulgar –, as coisas de má qualidade nas lojas, o extremo mau gosto do vestuário feminino, a banalidade e a mediocridade de toda tentativa de decoração nos cafés e nas estações ferroviárias, a frivolidade sem esperança de tudo o que pretende ser obra de arte – toda essa moderna grosseria cresce à vontade sobre as relíquias do grande período.

 Só uma única vez podemos fazer uma coisa pela primeira vez; é uma única vez que podemos ter prazer em sua novidade. Essa é uma lei, penso eu, que não deve ser totalmente lamentada, pois às vezes aprendemos a conhecer melhor as coisas ao não as apreciar muito. Ao mesmo tempo, porém, é certo que um visitante que se livrou da excitação imediata por esse país inesgotavelmente interessante de modo algum esgotou por inteiro a taça. Depois de pensar na Itália em termos históricos e artísticos, não lhe causará dano pensar nela por um instante como desejosa tanto de um futuro quanto de um equilíbrio bancário; aspirações supostamente em grande desacordo com a maneira byroniana, ruskianiana, artística, poética, estética de considerar nossa península eternamente atraente. Ele pode admitir – não digo que seja absolutamente necessário – que sua aparência e sua economia efetivas são feias, prosaicas, provocadoramente sem relação com o diário e o álbum; é todavia verdade que, nesse ponto a que as coisas chegaram, a moderna Itália de certo modo se impõe. Não precisei de muitas horas no país para que essa verdade me assaltasse; e posso acrescentar que, passada a primeira irritação, vi-me capaz de aceitá-la. Pensando bem, nada é mais fácil de compreender do que uma sincera cólera por parte da jovem Itália de hoje ao ser olhada por todo o mundo como uma espécie de pigmento solúvel. A jovem Itália, preocupada com seu futuro econômico e político, deve estar vigorosamente cansada de ser admirada por seus cílios e sua pose. Em um dos romances de Thackeray ocorre uma menção a um jovem artista que enviou para a Royal Academy um quadro representando *Um contadino*[25] *dançando com uma trasteverina na porta de uma locanda, com a música de um pifferaro*. É nessa atitude e com esses acessórios convencionais que o mundo até então houve por

---

[25] Em italiano no original, *contadino* significa "camponês", "colono", "aldeão"; *trasteverina*, "do Trastevere"; *pifferaro*, "pífaro", "tocador de pífaro". (N.T.)

bem representar a jovem Itália, e não devemos nos admirar se a jovem, tendo algum espírito, começar por fim a se ressentir de nosso intolerável patrocínio estético. Ela criou uma linha de bondes em Roma, da Porta del Popolo até a Ponte Molle, e é em um desses democráticos veículos que pareço vê-la seguindo seu rumo triunfante para a paisagem do futuro. Eu não me atreveria a me regozijar com ela mais do que realmente faço; não me atreveria, como os turistas sentimentais dizem a respeito de tudo, como se se tratasse da colocação de um *intaglio*[26] ou do arremate de uma echarpe romana, a "gostar" dela. Está evidentemente destinada a existir, quer se goste dela ou não; vejo uma nova Itália no futuro que em muitos aspectos importantes igualará, caso não ultrapasse, as mais empreendedoras regiões de nossa terra natal. Talvez nessa época Chicago e São Francisco tenham adquirido uma pose, e seus filhos e filhas dançarão nas portas das *locande*.

Independentemente do que acontecer, o cisma efetivado entre a antiga ordem e a nova é a moral mais imediata de uma nova visita a essa parte do mundo sempre sugestiva. A antiga se tornou cada vez mais um museu, preservado e perpetuado em meio à nova, mas sem mais relação com ela – deve-se admitir, porém, que tal relação é considerável – do que a do estoque nas prateleiras com o vendedor, ou a da Sereia do Sul com o empresário de espetáculos que fica diante de sua barraca. Mais de uma vez, quando nos deslocamos hoje em dia pelas cidades italianas, parece passar diante de nossos olhos uma visão dos anos vindouros. Ela representa, para nossa satisfação, uma Itália unida e próspera, mas no todo científica e comercial. A Itália em relação à qual adotamos uma atitude sentimental e que romanceamos era um país ardorosamente mercantil, embora eu suponha que ela não gostasse menos de seus livros-razão, mas gostasse mais de seus afrescos e retábulos. Espalhados por esse paraíso recuperado do comércio – esse país de mil portos – vemos grande número de belos prédios em que uma série infindável de pinturas sombrias estão se escurecendo, umedecendo, desbotando, deteriorando, ao longo dos anos. Perto das portas dos belos prédios estão pequenas catracas

---

[26] Em italiano no original, "entalhe". (N.T.)

junto às quais se sentam muitos homens uniformizados aos quais o visitante paga uma pequena taxa. Dentro, nos cômodos abobadados e com afrescos, a arte da Itália jaz enterrada como em milhares de mausoléus. Toma-se conta dela bem; é constantemente copiada; às vezes é "restaurada" – como no caso dessa bela figura de menino de Andrea del Sarto em Florença, que pode ser vista na galeria dos Uffizi, inteiramente despida de sua venerável obscuridade, e os céus sabem que epiderme ferida e em sangue fica exposta. Certa noite, há pouco, perto da mesma Florença, no suave entardecer, fiz um passeio por essas montanhas circundantes onde as maciças *villas*[27] se misturam às vaporosas oliveiras. Logo cheguei onde três caminhos se encontram em um santuário de beira de estrada, no qual, diante de uma piedosa e grosseira pintura de uma Madona antiga, uma pequena lâmpada votiva bruxuleava no ar noturno. A hora, a atmosfera, o lugar, a vela tremeluzente, o sentimento do observador, o pensamento de que alguém fora salvo ali de um assassino ou de algum outro perigo e tinha erguido, por isso, um pequeno e agradecido altar, na parede com reboco amarelo de um cerrado *podere*[28]; tudo isso fez com que me dirigisse ao santuário com um passo pausado e emocionado. Aproximei-me dele, mas depois de uns poucos passos parei. Percebi um odor inconveniente; parecia-me que o ar da noite estava carregado de um perfume que, embora em certa medida familiar, não tinha até então se associado com os rústicos afrescos e os altares de beira de estrada. Pensei, cheirei ligeiramente, e a questão assim posta não me deixou dúvida. O odor era de petróleo; a vela votiva era alimentada pela essência da Pensilvânia. Confesso que comecei a rir, e um típico *contadino*, seguindo seu caminho para casa na escuridão, olhou-me como se eu fosse um iconoclasta. Ele se deu conta do petróleo, imagino eu, apenas para inalá-lo afetuosamente, mas para mim a coisa servia como símbolo da Itália do futuro. Há um bonde a cavalos da Porta del Popolo até a Ponte Molle, e os santuários toscanos são alimentados com querosene.

---

[27] Palavra italiana, adotada também em inglês, significa "casa senhorial de campo", "casa de habitação com jardim", "palacete". (N.T.)

[28] Em italiano no original, "sítio", "herdade", "propriedade", "chácara". (N.T.)

II

Se é muito bom, no meio tempo, ir a Turim primeiro, é melhor ainda ir a Gênova a seguir. Gênova é o emaranhado topográfico mais cerrado do mundo, que mesmo uma segunda visita é de pouca ajuda para o pôr em ordem. Nas maravilhosas vielas genovesas, tortuosas, confusas, inclinadas, elevadas, escondidas, o viajante está de fato imerso na antiga adequação italiana para os croquis. O orgulho do lugar, penso eu, é um porto de grande capacidade, e o legado do falecido Duque de Galliera, que deixou quatro milhões de dólares destinados a sua melhoria e sua ampliação, sem dúvida fará muito no sentido de convertê-lo em um dos grandes postos comerciais da Europa. Mas como, depois de deixar meu hotel na tarde em que cheguei, andei por longo tempo ao acaso, pelas tortuosas ruelas da cidade, eu me disse, não sem um tom de triunfo pessoal, que ali finalmente havia algo que seria quase impossível modernizar. Eu tinha achado meu hotel, em primeiro lugar, extremamente interessante – o Croce di Malta, como se chama, instalado em um gigantesco palácio à beira do porto, fervilhante e não especialmente limpo. Era a maior casa em que eu já havia entrado – só o térreo poderia conter uma dúzia de caravançarás americanos. Encontrei um americano no vestíbulo que (como ele de fato tinha o perfeito direito de estar) estava irritado por suas dimensões perturbadoras – levava-se quinze minutos para subir do térreo – e queria saber se se tratava de um "legítimo exemplo" das hospedarias genovesas. Parecia um excelente espécime da arquitetura genovesa em geral; até onde observei, havia poucas casas perceptivelmente menores do que essa titânica estalagem. Almocei em um escuro salão de baile cujo teto era abobadado, com afrescos e ornamentado com a fatal facilidade de cerca de dois séculos atrás, e que dava para a fachada de uma outra casa antiga, igualmente enorme e igualmente maltratada, separada dele apenas por um pequeno trecho de espaço escuro – uma das ruas principais, acredito eu, de Gênova – de onde, a partir de escuros abismos, a população enviava às janelas (eu tinha de esticar muito o pescoço para vê-la) um permanente som de vozerio, de confusão, de regateio. Saindo a seguir para a fenda constituída por uma rua, vi-me mergulhado nesse elemento rico e estranho – de um "efeito" visível e reprodutível, quero dizer – pelo amor do qual se revisita a Itália. Oferecia-se de fato numa variedade de cores, algumas das quais não eram dignas de nota por seu frescor ou sua pureza. Seu encanto combinado era, todavia, irresistível, e o quadro brilhava com o lado grosseiramente humano da população pobre do sul.

Gênova, como sugeri, é a mais tortuosa e incoerente das cidades; jogada nos flancos e cimos de uma dúzia de colinas, é sulcada por valas e gargantas cheias daqueles numerosos palácios pelos quais ouvimos desde nossos mais remotos anos que o lugar é celebrado. Essas grandes construções, com sua aparência manchada e desbotada, erguem suas grandes cornijas ornamentais muito alto no ar, onde, de um modo indescritivelmente desesperançado e desolado, ultrapassando umas às outras, parecem refletir o bruxuleio e a rutilação do quente Mediterrâneo. Embaixo, perto dos subsolos, nas estreitas vielas crepusculares, as pessoas estão constantemente se movimentando de um lado para outro, ou paradas em suas cavernosas portas e suas escuras e entulhadas lojas, chamando, conversando, rindo, lamentando, vivendo suas vidas segundo a maneira italiana da conversa. Durante longo tempo eu não tivera essa visão da possível compressão social. Por longo tempo eu não vira pessoas se acotovelando tão estreitamente ou pululando tão densamente em colmeias populosas. Um viajante é com frequência levado a se indagar se valeu a pena deixar o lar – qualquer que possa ser sua casa – apenas para encontrar novas formas de sofrimento humano, apenas para ser lembrado de que a labuta e a privação, a fome e a dor e o esforço sórdido são a porção de grande parte da humanidade. Viajar é, por assim dizer, ir ao teatro, assistir a um espetáculo; e há algo impiedoso em andar por ruas estrangeiras a fim de se deleitar com o "caráter" quando o caráter consiste simplesmente nas maneiras ligeiramente diferentes como o trabalho e a necessidade se apresentam. Essas reflexões me vieram enquanto eu andava por um crepúsculo cheio de cores e carregado de deteriorados odores, mas depois de algum tempo deixaram de me fazer companhia. A razão disso, penso eu, é que – pelo menos para olhos estrangeiros – a soma da miséria italiana é, no todo, menos que a soma do conhecimento italiano da vida. Que as pessoas agradeçam a você, com um sorriso de tocante doçura, pelo dom de alguns centavos, é uma prova, com certeza, de extrema e constante penúria, mas (tendo em mente a doçura) atesta também uma invejável capacidade de não ser abatido pelas circunstâncias. Sei que isso pode perfeitamente ser um grande contrassenso; que, pela metade do tempo em que estamos aclamando a excelente qualidade do sorriso italiano, a criatura assim constituída para o brilho aparente pode estar em uma triste crise de impaciência e dor. Nossa observação de qualquer país estrangeiro é extremamente superficial, e nossos comentários felizmente não são dirigidos aos próprios habitantes, que, é certo, vociferariam contra a impudência da imagem fantasiosa.

Há dias, visitei uma antiga cidade, muito característica, no alto de uma montanha e onde, no correr de minhas andanças, cheguei a um antigo portão em desuso na antiga muralha da cidade. O portão não fora desativado por completo, mas a recente conclusão de uma moderna estrada montanha abaixo afastava a maioria dos veículos para uma outra saída. O calçamento coberto de mato, que serpenteava até a planície por uma centena de graciosas curvas e mergulhos, estava entregue agora a *contadini*[29] maltrapilhos e seus burros, e a caminhantes que não se alarmavam com o abandono em que tinha caído. Parei à sombra do alto e antigo portão, admirando a paisagem, olhando à direita e à esquerda os maravilhosos muros da pequena cidade, encarapitada na beira de um precipício coberto por densa vegetação, as montanhas em volta deles, a estrada que mergulha entre castanheiras e oliveiras. Não havia ninguém à vista, a não ser um jovem que lenta e dificultosamente vinha subindo com o paletó jogado sobre o ombro e o chapéu de lado à maneira de uma cavaleiro de ópera. Como um intérprete de ópera também, ele cantava à medida que se aproximava; o espetáculo, no todo, era operístico, e à medida que seus floreios vocais alcançavam meu ouvido eu me disse que na Itália o acaso era sempre romântico e que tal figura era exatamente o que faltava para realçar a paisagem. Sugeria em alto grau esse conhecimento da vida pelo qual há pouco eu elogiava os

---

[29] Plural de *contadino*. (N.T.)

italianos. Eu estava dando uma meia volta sob o antigo portão quando o jovem me alcançou e, interrompendo sua canção, me perguntou se eu podia lhe arrumar um fósforo para ele acender o resto de um charuto que tinha guardado. Esse pedido fez com que eu, enquanto tomava meu caminho para o hotel, conversasse com ele. Era natural da antiga cidade, e respondeu desembaraçadamente a todas as minhas indagações tanto relativas aos modos da cidade quanto a seus costumes e a sua tendência em termos de opinião pública. Mas o interessante de minha história é que ele logo se identificou como um ressentido jovem radical e comunista, cheio de ódio pelo atual governo italiano, esbravejando com descontentamento e crua paixão política, professando uma ridícula esperança de que a Itália logo tivesse, como a França tivera, seu "89", e declarando que ele, de sua parte, emprestaria de boa vontade sua mão para cortar as cabeças do rei e da família real. Era um jovem desempregado, infeliz e subnutrido, que assumia uma visão dura e obscura de tudo e só era operístico a despeito de si mesmo. Isso tornou muito absurdo que eu tivesse olhado para ele simplesmente como um gracioso ornamento da paisagem, uma harmoniosa figurinha a meia distância. "Pouco importa a vista, pouco importa a meia distância!" teria sido toda *sua* filosofia. No entanto, pelo acaso de ter conversado com ele, eu deveria, em minha memória, ter feito com que ele fosse útil, como exemplo de otimismo sensível!

Devo dizer, porém, que acredito ser real grande parte do otimismo sensível observável nas ruelas genovesas e sob as baixas e congestionadas arcadas ao longo do porto. Ali todos estavam magnificamente queimados de sol, e havia muitos tipos curiosos, marinheiros cor de mogno e peito nu com brincos e faixas vermelhas, que parecem povoar um porto do sul com o coro de *Masaniello*. Mas não é justo falar como se em Gênova não houvesse nada a ser visto além da vida do povo, pois o lugar é a residência de algumas das pessoas mais ilustres do mundo. Nem todos os palácios estão situados em vielas escuras; os mais belos e mais dignos de nota formam uma esplêndida série de cada lado de algumas ótimas ruas, em que há muito espaço para uma carruagem de duas parelhas entrar pelos grandes portões. Muitos desses portões estão abertos, revelando grandes escadarias de mármore com leões deitados à guisa de balaustradas e pátios de recepção circundados por paredes de amarelo atenuado pelo sol. Uma das grandes construções da série é pintada de vistoso vermelho e abriga em especial as ilustres pessoas que acabei de mencionar. Vivem de fato no terceiro andar, mas têm ali sequências de maravilhosos cômodos pintados e ornamentados, em que afrescos em perspectiva cobrem os tetos abobadados e molduras trabalhadas ornamentam as amplas paredes. Esses distintos proprietários trazem o nome de Vandyck, embora sejam membros da nobre família de Brignole-Sale, havendo um de seus membros – a Duquesa de Galliera – feito recentemente prova de nobreza ao doar a galeria do palácio vermelho à cidade de Gênova.

III

Ao deixar Gênova, parti para Spezia, com o intuito sobretudo de realizar uma peregrinação sentimental, que de fato fiz nas mais agradáveis condições. O Golfo de Spezia é hoje quartel-general da frota italiana, e ali estavam várias grandes fragatas blindadas fundeadas em frente à cidade. As ruas estavam cheias de rapazes de flanela azul, que estavam recebendo instrução em um navio-escola no porto, e à noite – havia uma lua brilhante – o pequeno quebra-mar que se estendia Mediterrâneo adentro oferecia um cenário de recreação para numerosas dessas pessoas. Mas esse fato, do ponto de vista do amante da originalidade, tem pouco valor, pois, desde que se tornou próspera, Spezia se tornou feia. O lugar está cheio de longas e monótonas paredes mortas e grandes áreas de terra artificiais e inacabadas. Tem a aparência de novidade monstruosa, mais que a do faroeste, que distingue todas as criações do jovem Estado italiano. E não encontrei qualquer compensação maior em um imenso hotel de surgimento recente, um estabelecimento instalado à beira mar, antecipando uma *passeggiata*[30] que surgirá daqui a cinco anos, estando a região nesse ínterim na mais primitiva formação. O hotel estava cheio de graves ingleses que pareciam

---

[30] Em italiano no original, "passeio, caminho". (N.T.)

respeitáveis e entediados, e havia naturalmente uma cerimônia da Igreja Anglicana no salão com afrescos vistosos. Nem foi a ida a Porto Venere que agradou em especial – um trajeto entre vinhas e oliveiras, pelas montanhas e ao lado do Mediterrâneo, até um singular vilarejo caindo aos pedaços num promontório, tão suavemente desolado e envelhecido quanto o nome que leva. Há perto da aldeia uma igreja arruinada, que ocupa o lugar (segundo a tradição) de um antigo templo de Vênus; e se Vênus alguma vez visita seus santuários desconsagrados, deve às vezes descansar por um momento nessa tranquilidade ensolarada e ouvir o murmúrio do mar calmo na base do estreito promontório. Se Vênus às vezes vai ali, Apolo certamente faz o mesmo, pois perto do templo há um portão encimado por uma inscrição em italiano e inglês que dá entrada a uma curiosa caverna entre as rochas – especialmente *cockneyfield*[31], deve-se confessar. Foi ali, diz a inscrição, que o grande Byron, nadador e poeta, "desafiou as ondas do Mar Lígure". O fato é interessante, embora não de modo tão especial, pois Byron estava sempre desafiando alguma coisa, e se se tivesse posto uma placa onde quer que esse tipo de performance tivesse se verificado, essas placas comemorativas estariam em muitas partes da Europa, tão copiosas quanto marcos miliários.

Não; o grande mérito de Spezia, a meu ver, é que lá aluguei um barco numa encantadora tarde de outubro e remei eu mesmo através do golfo – leva cerca de uma hora e meia – até a pequena baía de Lerici, que se abre a seguir a ele. A baía de Lerici é encantadora; frondosas elevações cinza-esverdeadas a fecham, e de cada lado da entrada, pousado em um escarpado promontório, um maravilhoso castelo antigo em mau estado faz ineficaz guarda. O lugar é clássico para todos os viajantes ingleses, pois no meio do litoral em curva encontra-se o hoje desolado vilarejo em que Shelley passou os últimos meses de sua breve vida. Ele estava vivendo em Lerici quando partiu nessa breve viagem para o sul de que nunca voltou. A casa que ocupava é estranhamente miserável e tão triste quanto você puder imaginar. Fica diretamente sobre a praia, com paredes

---

[31] Com aspecto da região *cockney*, ou seja, do extremo leste de Londres. (N.T.)

marcadas e machucadas e uma *loggia*[32] de vários arcos que se abre para um pequeno terraço com um tosco parapeito, que, quando o vento bate, deve se alagar com a aspersão salgada. O lugar é muito solitário – extremamente desgastado pelo sol, pelo vento e pela água salgada –, muito próximo da natureza, como era a paixão de Shelley. Posso imaginar um grande poeta lírico, nos primeiros anos do século, sentado no terraço, numa noite quente, e se sentindo muito longe da Inglaterra. Nesse lugar, e com seu gênio, ele certamente teria ouvido na voz da natureza uma doçura que só o movimento lírico podia traduzir. É um lugar onde um peregrino de língua inglesa pode muito sinceramente entregar-se aos pensamentos e sentir-se levado à manifestação lírica. Mas devo contentar-me em dizer em prosa defeituosa que recordo poucos episódios de viagens italianas mais consoladores, como são aqui, do que essa perfeita tarde de outono; a parada de meia hora no pequeno terraço maltratado da *villa*; a subida ao antigo castelo singularmente ditoso que se debruça sobre Lerici; o meditativo descanso, sob a luz que esmaecia, na plataforma com vinhas que dava para o por do sol e as montanhas que escureciam e, bem abaixo, para o tranquilo mar, além do qual a trágica *villa* de pálida face olhava, no alto, para a lua resplandecente.

IV

Nunca eu havia encontrado Florença mais ela mesma, ou, em outras palavras, mais atraente, do que a encontrei, por uma semana, nesse brilhante outubro. Ela se sentava à luz do sol ao lado de seu rio amarelo como a pequena cidade-tesouro que sempre pareceu ser, sem comércio, sem outra atividade que a manufatura de pesos de papel em mosaico e cupidos de alabastro, sem realidade ou energia ou seriedade ou qualquer dessas severas virtudes que na maioria dos casos são consideradas indispensáveis para a coesão cívica; com nada além do pequeno estoque não aumentado de suas lembranças medievais, suas montanhas de delicado colorido, suas igrejas e seus palácios, quadros e estátuas. Havia muito poucos estrangeiros; o

---

[32] Em italiano no original, "arcada aberta", "galeria". (N.T.)

detestado companheiro de peregrinação não era frequente; a própria população nativa parecia escassa; o som de rodas nas ruas era apenas ocasional; pelas oito da noite, todos aparentemente tinham ido para a cama, e o caminhante meditativo, ainda caminhando e ainda meditando, tinha o lugar para si – tinha as espessas massas de sombra dos grandes palácios, e os raios do luar que atingiam as pedras do pavimento poligonal, e as pontes vazias, e o amarelo prateado do Arno, e o silêncio rompido apenas por um passo a caminho de casa, um passo acompanhado por um trecho de canção de uma quente voz italiana. Meu quarto no hotel dava para o rio e era inundado o dia inteiro pela luz do sol. Havia um absurdo papel de parede de cor laranja; o Arno, de um matiz não muito diferente, corria abaixo; e do outro lado dele erguia-se uma linha de casas amareladas, de extrema antiguidade, em mau estado e se desfazendo, abaulando-se e projetando-se sobre a corrente. (Pareço assim falar de suas fachadas, mas o que eu via era suas partes de trás em mau estado, que estavam expostas ao animado movimento do rio, enquanto as fachadas se erguiam para sempre na profunda sombra úmida de uma estreita rua medieval.) Todo esse brilho e esse amarelo eram um permanente encanto; faziam parte dessa cor indefinivelmente encantadora que Florença sempre parece usar quando você a olha de alto a baixo a partir do rio, e a partir das pontes e dos cais. É uma espécie de grave fulgor – uma harmonia de altas tonalidades – que não sei muito bem como descrever. Há paredes amarelas e persianas verdes e telhados vermelhos, há intervalos de marrom brilhante e azul de aspecto natural, mas o quadro não é manchado nem exagerado, graças à distribuição das cores em massas amplas e adequadas, e ao fato de a cena ser lavada por alguma feliz e suave luz do sol. A beira do rio em Florença é em suma uma agradável composição. Parte de seu encanto provém naturalmente do aspecto generoso desses palácios toscanos com suas bases elevadas, e a renovação de meu contato com eles mais uma vez os indicou para mim como as mais dignas habitações do mundo. Nada pode ser mais belo do que essa aparência de deixar todo o imenso térreo para a simples finalidade de vestíbulo e escadaria, de pátio e entrada com altos arcos, como se tudo fosse apenas um pedestal maciço para a habitação verdadeira, e as pessoas só estivessem adequadamente instaladas se, para começar, tivessem de ser erguidas por quinze metros acima do térreo. Os grandes blocos do térreo; os grandes intervalos, horizontal e verticalmente, de janela para janela (que revelam a altura e a amplidão dos cômodos); o escudo de armas que pende para a frente em uma das esquinas; o teto com larga borda, escurecendo a estreita rua; os ricos e antigos marrons e amarelos das paredes: esses elementos definidos se reúnem com admirável arte.

Tome-se um prédio toscano desse tipo fora de sua situação oblíqua na cidade; não o chame mais de palácio, mas de *villa*; instale-o perto de um terraço numa das colinas que circundam Florença, ponha uma fileira de altos ciprestes ao lado, dê-lhe um jardim espesso e uma vista para as torres florentinas e o vale do Arno, e você o considerará ainda mais digno de sua estima. Era um meio-dia de domingo, e brilhantemente quente, quando cheguei mais uma vez; e depois de ter olhado de minhas janelas, por um instante, para a beira do rio de que falei e que se estende tranquilamente, segui através de uma das pontes e depois por um dos portões – a Porta Romana, muito alta, em que o espaço do alto do arco até a cornija (só que não há uma cornija, é tudo uma parede lisa e maciça) é tão grande, ou parece ser, quanto a do chão ao alto do arco. Depois subi por um caminho íngreme e em curvas – grande parte dele um pouco sem graça, por assim dizer, sendo limitado por muros de jardins manchados e cobertos de musgo – até uma *villa* no alto da colina, onde encontrei várias coisas que me tocaram quase do mesmo modo agradável. Vendo-as de novo, com frequência, por uma semana, tanto à luz do sol quanto ao luar, nunca aprendi inteiramente a não cobiçá-las, a não sentir que não fazer parte delas era de algum modo perder uma oportunidade excepcional. Que vida tranquila e satisfeita, assim parecia, que romântica beleza como parte de sua configuração diária! – o terraço ensolarado, tendo abaixo o emaranhado de seu *podere*; as oliveiras cinza claro contra o claro céu azul; as longas e serenas linhas horizontais de outras *villas*, margeadas por seus altos ciprestes, dispostos sobre as colinas vizinhas; a mais rica cidadezinha do mundo em um buraco suavemente aberto a nossos pés, e para além dele a mais encantadora das vistas, a mais majestosa, ainda que a mais familiar. Dentro da *villa* havia um grande amor pela arte e uma sala de pintura cheia de obras excelentes, de modo que, se a vida humana ali professava a tranquilidade, a tranquilidade era sobretudo a do ato concentrado. Uma bela ocupação nessa bela posição, o que poderia haver de melhor? Isso foi o que há pouco eu disse invejar – um modo de vida que não recua diante de tais refinamentos de paz e bem-estar. Quando o trabalho, encantado com ele mesmo, se apresenta em um lugar sem interesse ou feio, nós o estimamos, o admiramos, mas não o sentimos como sendo o ideal da boa fortuna. Quando, porém, seus devotos se movimentam como figuras em uma antiga e nobre paisagem, e suas caminhadas e contemplações são como virar páginas de história, parece-nos termos diante de nós um admirável caso de virtude tornada fácil; virtude aqui quer dizer satisfação e concentração, efetiva apreciação da rara e refinada, ainda que compósita, forma de vida. Você não precisa querer uma aceleração ou uma colisão quando a própria cena, a mera cena, compartilha com você tal riqueza de consciência.

É verdade que eu poderia, depois de certo tempo, cansar-me do passeio regular à tarde pelos caminhos florentinos; de sentar em parapeitos baixos, em intervalos de muros encimados por flores, e olhar, acima, para Fiesole ou, abaixo, para o vale do Arno e seus ricos matizes; de parar nos portões abertos das *villas* e meditar sobre a altura dos ciprestes e a profundidade das *logge*[33]; de caminhar para casa na luz que se esvai e notar, em uma dúzia de superfícies voltadas para oeste, o brilho do pôr do sol à frente. Mas por uma semana mais ou menos tudo isso era encantador. São inúmeras as *villas*, e se você é um estrangeiro ansioso, metade da conversa é sobre *villas*. Esta tem uma história; aquela tem outra; todas dão a impressão de ter histórias – nenhuma na verdade predominantemente alegre. A maioria delas está disponível para aluguel (muitas para venda) a preços despropositadamente baixos; você pode ter uma torre e um jardim, uma capela e uma extensão de trinta janelas por quinhentos dólares anuais. Em imaginação, você aluga três ou quatro; você toma posse e se instala e fica. Sua noção da excelência do que é mais excelente é

---

[33] Plural de *loggia*. (N.T.)

a de algo muito grave e grandioso; sua noção da bravura de duas ou três das melhores é a de algo inteiramente trágico e sinistro. De onde provém essa última impressão? Você a tem enquanto fica ali, no início da escuridão, com os olhos na longa fachada marrom desbotado, as enormes janelas, as grades de ferro instaladas nas de baixo. Parte da expressão inquietante dessas grandes casas provém, mesmo quando não entraram em decadência, da aparência de terem sobrevivido a seu uso original. Suas extraordinárias amplidão e solidez são uma sátira em relação a seu atual destino. Não foram construídas com paredes de tal espessura e com vãos de tal profundidade, com escadaria de tal solidez e com tal excesso de pedras simplesmente para proporcionar uma residência de inverno econômica para as famílias inglesas e americanas. Não sei se foi a aparência dessas antigas *villas* de pedra, que pareciam tão mudamente conscientes de uma mudança de costumes, que impôs um toque de melancolia à paisagem em geral; com certeza, sempre tendo considerado essa nota como uma miríade de antigas tristezas dissolvidas na paisagem de Florença, ela agora me parecia particularmente forte. "Adorável, adorável, mas me deixa triste" – é só o que o estrangeiro sensível podia murmurar para si mesmo enquanto, no final da tarde, olhava a paisagem de um dos parapeitos baixos, e depois, com as mãos nos bolsos, afastava-se e ia para dentro, para as velas e o jantar.

V

Embaixo, na cidade, pela frequentação das ruas e das igrejas e dos museus, era impossível não ter uma boa dose da mesma impressão, mas aqui ela era mais fácil de analisar. Provinha da sensação de uma perfeita separação entre, de um lado, todas as grandes produções da Renascença e, de outro, o lugar e o futuro do lugar, a vida e os costumes atuais, o ideal local. Já falei sobre o modo como a ampla aglomeração de belas obras de arte nas cidades italianas choca o visitante de hoje – até onde está em pauta a Itália atual – como se fossem meros recursos para a atividade de um povo sem dinheiro mas próspero. É essa solidão espiritual, esse afastamento consciente das grandes obras de arquitetura e escultura que deposita certo peso no coração; quando vemos uma grande tradição interrompida, sentimos algo da dor com que ouvimos um choro sufocado. Mas o lamento é uma coisa, e o ressentimento, outra. Ao ver certa manhã, em uma vitrine, a série de *Mornings in Florence* [Manhãs em Florença] publicada há poucos anos pelo sr. Ruskin, apressei-me em entrar e comprar esses divertidos livrinhos, dos quais eu lembrava haver lido anteriormente algumas passagens. Não pude passar muitas páginas sem observar que a "separação" entre o novo e o antigo que há pouco mencionei tinha produzido no autor a mais viva irritação. Era difícil ser solidário com as fases mais agudas dessa irritação, pela simples razão, parece-me, de que mostra arrogância ao pedir a qualquer um, como se se tratasse de um direito, que deva ser artístico. "Sejam vocês artísticos!" é a resposta muito natural que a jovem Itália tem à mão para críticos e censores ingleses. Quando um povo produz belas estátuas e belos quadros, dá-nos algo mais do que aquilo que está estabelecido no contrato, e devemos agradecer-lhe por sua generosidade; e quando para de produzi-los ou de cuidar deles, podemos interromper o agradecimento, mas não temos o direito de xingar. O naufrágio de Florença, diz o sr. Ruskin, "é agora muito chocante e doloroso para qualquer alma humana que se lembre dos tempos antigos"; e essas palavras desesperadas são uma alusão ao fato de que a pequena praça em frente à catedral, ao pé da Torre de Giotto, com o grande Batistério do outro lado, é agora a estação de numerosos coches de aluguel e veículos coletivos. Esse fato é sem dúvida lamentável, e seria cem vezes mais agradável ver nas pessoas que foram feitas herdeiras de uma obra de arte inestimável, como é o caso do sublime campanário, algum sentimento em relação a ele que o mantivesse livre até mesmo do perigo do aviltamento. Um ponto de veículo de aluguel é uma coisa muito feia e suja, e a Torre de Giotto não deveria ter nada em comum com tais instalações. Mas há mais de um modo de considerar essas coisas, e o estrangeiro sensível, que por uma semana andou com o espírito cheio da suavidade e da sugestão de uma centena de lugares florentinos, pode sentir por fim, ao olhar os panfletos do sr. Ruskin, que, desacordo por desacordo, não há muito a escolher entre a impropriedade do mau humor pessoal do autor e a incongruência de baldes para cavalos e feixes de feno. E é possível dizer isso sem ser de modo algum partidário da doutrina da inevitabilidade das novas dessacralizações. De minha parte, acredito que há poucas coisas nessa linha de que o novo espírito italiano não seja capaz, e não muitas de fato que não estejamos destinados a ver. Quadros e prédios não seriam completamente destruídos, porque nesse caso os *forestieri*[34], semeadores de dinheiro, deixariam de chegar, e as catracas nas portas dos antigos palácios e conventos, com a evidente fenda para absorver sua moeda, se tornariam completamente enferrujadas, se emperrariam com o desuso. Mas é seguro dizer que, na medida em que a nova Itália se transforma novamente numa antiga Itália, ela continuará a ocupar seu campo de ação onde quer que o possa encontrar.

Quase me envergonho de dizer o que fiz com os pequenos livros do sr. Ruskin. Eu os pus no bolso e me dirigi a Santa Maria Novella. Aí me sentei e, depois de olhar em torno da bela igreja por algum tempo, peguei-os um a um e li a maior parte deles. Ocupar-se com literatura ligeira em um grande edifício religioso talvez seja um exemplo tão ruim de profanação quanto qualquer das condutas rudes que o sr. Ruskin com justiça deplora, mas um viajante tem de aproveitar os momentos ociosos, e eu estava esperando um amigo em cuja companhia iria ver os belos afrescos de Giotto no claustro da igreja. Meu amigo demorou, de modo que passei uma hora com o sr. Ruskin, que chamei há pouco de *littérateur*[35] ligeiro porque nessas pequenas *Manhãs de Florença* ele está sempre fazendo seus leitores rir. Eu me lembrava naturalmente de onde estava, e a despeito de minha latente hilaridade sentia que raramente eu havia recebido tal reprimenda. Eu de fato vinha usufruindo da boa e velha cidade de Florença, mas agora o sr. Ruskin me informava que isso era um escandaloso desperdício de caridade. Eu deveria ter andado com uma imprecação nos lábios, deveria ter mostrado uma cara de desagrado. Eu tivera grande prazer com certos afrescos de Ghirlandaio no coro dessa mesma igreja, mas segundo um desses pequenos livros esses afrescos eram insignificantes. Eu admirara muito Santa Croce e

---

[34] Em italiano no original, "forasteiros", "estrangeiros". (N.T.)

[35] Em francês no original, "homem de letras", "escritor". (N.T.)

pensara que o Duomo era algo muito nobre, mas agora tinha a mais positiva garantia de que nada sabia sobre eles. Depois de um instante, se era apenas mau humor que se precisava para fazer honra à cidade dos Medici, senti que eu havia subido a um nível adequado; só que agora era com o próprio sr. Ruskin que eu havia perdido a paciência, não com o estúpido Brunelleschi, não com o vulgar Ghirlandaio. De fato, perdi a paciência por completo, e me perguntei com que direito esse informal devoto da forma pretendia se exceder contra as tranquilas contemplações de um pobre e encantado *flâneur*, seu interesse pelos mais nobres prazeres, seu prazer com a mais encantadora das cidades. Os pequenos livros pareciam invejosos e insensatos, e foi só quando me lembrei de que não fora obrigado a comprá-los que me impedi de arrepender-me de tê-lo feito.

Por fim, meu amigo chegou, e saímos da igreja, através do primeiro claustro ao lado, para um recinto menor onde ficamos um momento olhando o túmulo da Marchesa Strozzi-Ridolfi, acima do qual o grande Giotto pintou quatro soberbos pequenos trabalhos. Era fácil ver que os trabalhos eram soberbos, mas peguei novamente um de meus pequenos livros, pois eu havia notado que o sr. Ruskin falava deles. Logo recuperei minha tolerância, pois o que podia ser melhor nesse caso, perguntei-me, do que as observações do sr. Ruskin? São de fato excelentes e encantadoras – cheias de apreço pela beleza profunda e simples do trabalho do grande pintor. Li-as em voz alta para meu companheiro, mas ele ficou antes "contrariado", por assim dizer, com elas. Um dos afrescos – uma cena do nascimento da Virgem – contém uma figura que chega por uma porta. "Como ornamento", cito, "há apenas o esboço inteiramente simples do vaso que a serviçal carrega; como cor, duas ou três massas de vermelho sóbrio e branco puro, com marrom e cinza. Isto é tudo", prossegue o sr. Ruskin. "E se isso lhe agrada, você pode ver Florença. Mas se não, entretenha-se lá por todos os meios, se você a acha agradável, e por tanto tempo quanto queira; você nunca pode vê-la." *Você nunca pode vê-la*. Isto pareceu insuportável a meu amigo, e tive de guardar de novo o livro, para que pudéssemos olhar o afresco com a serena simpatia que ele merece. Concordamos a seguir, quando, num lugar mais adequado, li em voz alta outras passagens dos preciosos livrinhos, que há muitos modos de ver Florença, assim como os há de ver muitas coisas belas e interessantes, e que é muito estéril e pedante dizer que a visão feliz depende de nos adequarmos a uma determinada marcação de giz. Vemos Florença onde quer e sempre que usufruamos dela, e para usufruir dela encontramos um número muito maior de pretextos do que o sr. Ruskin parece inclinado a admitir. Meu amigo e eu nos convencemos também de que os pequenos livros eram, todavia, uma excelente compra, por conta do grande encanto e da grande felicidade de muito de sua crítica casual; para nada falar, como apontei há pouco, do fato de serem extremamente divertidos. Nada de fato é mais cômico do que a aspereza familiar do estilo do autor e o modo pedagógico com que ele empurra e puxa seus infelizes discípulos, sacudindo suas cabeças para isso, batendo em seus dedos por aquilo, mandando-os ficar no canto e dando-lhes textos das Escrituras para copiarem. Mas não são nem as felicidades nem as aberrações do detalhe, nos textos do sr. Ruskin, que constituem a questão principal para a maioria dos leitores; é o tom geral que, como eu disse, os contraria ou os atrai. Para muitas pessoas ele nunca suportará o teste de ser lido nessa rica e velha Itália, onde a arte, até onde esta realmente viveu, era espontânea, alegre, irresponsável. Se o leitor está em contato diário com essas belas obras florentinas que de certo modo ainda se impõem à atenção em meio à vulgaridade e à crueldade da profanação moderna, parecer-lhe-á que o comentário deste comentador está afinado pela mais estranha clave de falsete. "Pode-se ler uma centena de páginas desse tipo de coisa", disse meu amigo, "sem nunca sonhar que ele está falando sobre *arte*. Você não pode dizer nada de pior sobre ele do que isso." O que é perfeitamente verdade. A arte é um recanto da vida humana em que podemos estar à vontade. Para justificar nossa presença ali, a única coisa exigida de nós é que deveríamos ter sentido o impulso representacional. Em outros contextos, nossos impulsos são condicionados e embaraçados; é-nos admitido ter apenas aqueles que são concordantes com os de nossos vizinhos; com sua comodidade e seu bem-estar, com suas convicções e seus preconceitos, suas regras e regulamentações. Arte significa escapar de tudo isso. Onde quer que sua brilhante bandeira flutue, acaba a necessidade de desculpa e conciliação; aí é suficiente que agrademos ou que apreciemos. Aí a árvore é julgada apenas por seus frutos. Se estes são doces, a árvore está justificada – e não menos o consumidor.

Podemos ler muitas páginas do sr. Ruskin sem perceber qualquer sugestão dessa deliciosa verdade; uma sugestão do fato, não desprovido de importância, de que a arte afinal é feita para nós, e não nós para a arte. Essa ideia de que o valor de uma obra está na quantidade de ilusão que ela propicia é ostensiva por sua ausência. E quanto ao mundo de Ruskin ser um lugar – seu mundo da arte – onde podemos levar a vida facilmente, ai do mortal sem sorte que nela penetra com tal disposição. Em vez de um jardim de delícias, encontra uma espécie de tribunal em sessão permanente. Em vez de um lugar em que as responsabilidades humanas são suavizadas e suspensas, encontra uma região governada por uma espécie de legislação draconiana. Suas responsabilidades são aumentadas dez vezes; o abismo entre verdade e erro está para sempre escancarado a seus pés; as dores e as penas por esse mesmo erro são expostas, numa terminologia apocalíptica, em milhares de postes sinalizadores; e o desatento intruso logo começa a olhar para trás com infinita saudade do paraíso perdido dos sem-arte. Não pode haver maior ausência de tato na abordagem dessas coisas com que os homens tentam adornar a vida do que estar permanentemente falando de "erro". Uma trégua para todo tipo de rigidez é a lei do lugar; a única coisa absoluta ali é que alguma força e algum encanto funcionaram. A severa e velha portadora da balança se desculpa; sente que esse não é seu domínio. As diferenças aqui não têm a ver com iniquidade e retidão; são simplesmente variações de sensibilidade, tipos de curiosidade. Não estamos sob um governo teológico.

VI

Era muito encantador, nos dias claros e quentes, andar de um canto a outro de Florença, prestando tributo novamente a obras-primas que ficaram na lembrança. Também era agradável descobrir que a memória não pregara peças e que as coisas mais raras de um ano anterior continuaram tão raras como sempre. Enumerar esses achados tomaria muito espaço, pois nunca eu fora mais tocado pela mera quantidade da brilhante obra florentina. Mesmo deixando o Duomo e Santa Croce para o sr. Ruskin, na condição de prédios muito mal planejados, a lista dos tesouros florentinos é quase inesgotável. Essas longas galerias externas dos Uffizi nunca me haviam seduzido mais; às vezes não havia mais do que duas ou três figuras ali, Baedeker na mão, para quebrar a encantadora perspectiva. Um lado desse pórtico superior, há que lembrar, é inteiramente composto de vidro; uma sucessão de janelas em estilo antigo, com cortinas brancas de estilo antes primitivo, que pendem ali até adquirirem uma tonalidade perceptível. A luz, passando por elas, é suavemente filtrada e difusa; descansa brandamente sobre os antigos mármores – sobretudo bustos romanos antigos – que se erguem nos estreitos intervalos dos batentes. Projeta-se sobre os numerosos quadros que cobrem a parede em frente e que não são de modo algum, em termos gerais, as joias da grande coleção; confere um brilho esmaecido aos antigos arabescos ornamentais do forro de madeira pintada e cria um grande brilho delicado sobre o piso de mármore, em que, quando olha para baixo, você vê quase refletidos os turistas que passeiam e os copistas imóveis. Não sei por que eu deveria achar tudo isso agradável, mas de fato raramente fui aos Uffizi sem fazer o percurso desse claustro do terceiro andar, entre as telas e os painéis (na maior parte) de terceira categoria e as desbotadas cortinas de algodão. Por que na Itália vemos encanto em coisas em relação às quais, em outros países, sempre consideramos a vulgaridade indiscutível? Se na cidade de Nova York um grande museu das artes fosse dotado, como decoração, de uma espécie de varanda fechada de um lado por uma série de janelas quadriculadas com cortinas de tecido sujo, e dotada do outro lado de uma exibição de fraqueza pictórica, sendo o lugar encimado por um teto de madeira com pintura leve, fortemente sugestiva do calor de verão, do frio de inverno, de vazamento frequente, esses apreciadores que tiveram a vantagem de viajar pelo exterior teriam dificuldade para esconder seu desprezo.

 Desprezível ou respeitável, a um espírito judicioso, essa curiosa e antiga *loggia* dos Uffizi levava-me a vinte salas onde descobri grande número de antigos favoritos. Não sei se saudei qualquer dos antigos amigos de modo mais caloroso do que saudei Andrea del Sarto, um dos pintores mais tocantes, mas que não é um dos primeiros. Foi, porém, do outro lado do Arno que o descobri em grande número, nos salões escuros do Palácio Pitti, a que você chega pelo tortuoso túnel que abre caminho entre as casas de Florença e é sustentado pelas pequenas lojas dos ourives na Ponte Vecchio. Na rica e insuficiente luz desses belos salões, onde, para olhar os quadros, você senta em cadeiras de damasco e apoia os cotovelos em mesas de malaquita, o elegante Andrea se torna profundamente irresistível. Ele não demora a fazê-lo se aproximar. Mas o grande prazer, afinal, era revisitar os antigos mestres, sobretudo os que florescem de modo tão inalterável nas grandes paredes lisas da Academia. Fra Angélico e Filippo Lippi, Botticelli e Lorenzo di Credi são os mais claros, os mais suaves e os melhores de todos os pintores; enquanto eu me sentava por uma hora em companhia deles, na grande e fria sala da instituição que acabei de referir – no alto, há os caibros toscos do telhado, e embaixo, uma imensa extensão de lajes, e muitos quadros ruins assim como bons –, parecia-me mais do que nunca que, se se tivesse realmente de escolher um, não se poderia escolher melhor do que aqui. Você pode ficar à vontade na Academia, nessa primeira grande sala – na extremidade superior, em especial, à esquerda –, porque mais do que muitos outros lugares ela sabe à antiga Florença. Mais, por exemplo, na realidade, do que o Bargello, embora o Bargello tenha grandes pretensões. Por mais belo e magistral que seja, o Bargello cheira muito fortemente a restauração, e, embora muito da antiga Itália ainda espreite em suas salas lustradas e renovadas, ele ainda fala mais distintamente do jovem reino grosseiro que – tão "inconfessavelmente", como você quiser – retirou uma centena de delicadas obras de escultura das paredes conventuais em que seus piedosos autores as colocaram. Se os antigos pintores toscanos são refinados, não posso pensar em elogio suficientemente puro para os escultores do mesmo período, Donatello e Luca della Robbia, Matteo Civitale e Mina da Fiesole, que, enquanto eu refrescava minha lembrança deles, me pareciam deixar absolutamente nada a desejar no caminho da justeza de inspiração e da graça de invenção. O Bargello está repleto de escultura toscana antiga, sendo a maioria das peças proveniente de casas religiosas suprimidas; e mesmo que o visitante seja um ardoroso liberal, fica desconfortavelmente consciente do processo brutal pelo qual o conjunto foi reunido. Não se pode invejar a jovem Itália pelo número de coisas odiosas que ela teve de fazer.

 A viagem de trem de Florença a Roma fora alterada, tanto para o melhor quanto para o pior; para o melhor, é que fora encurtada de algumas horas; para o pior, é que, depois de percorrida aproximadamente metade da distância, o trem se desvia para oeste, o que não permite que se vejam as belas e antigas cidades de Assis, Perugia, Terni, Narni. Antigamente, era possível, da janela do trem, de certo modo, ir a esses lugares; mesmo se você não parasse, como provavelmente não poderia, toda vez que você passava, algo que valia muito a pena observar era o modo muito interessante como, tal um cinto folgado em uma pessoa idosa e encolhida, seus amplos muros mantinham comodamente os agrupamentos. Agora, porém, como compensação, o trem expresso para Roma para em Orvieto, e em consequência... Em consequência o quê? Qual é o resultado da parada de um trem expresso em Orvieto? Enquanto com desembaraço eu escrevia essa frase, parei, de súbito, ciente da estranha coisa que estava enunciando. Que um trem expresso arranhasse a base da horrenda e púrpura montanha a partir de cujo ápice essa escura e antiga cidade católica ergue a rútila fachada de sua catedral – isso podia ter sido previsto por um agudo observador dos costumes contemporâneos. Mas que tivesse feito a grosseria de aí demorar é um fato em relação ao qual, como ele próprio relata, um inveterado e perverso apreciador do significado da ordem passada, ordem ainda amplamente prevalente na época de sua primeira visita à Itália, pode muito bem fazer o que de modo corrente é chamado de barulho. O trem para em Orvieto, não muito tempo, é verdade, mas tempo suficiente para deixar você descer. O mesmo fenômeno ocorre no dia seguinte, quando, tendo visitado a cidade, você o pega de novo. Eu me aproveitei sem escrúpulos de ambas essas ocasiões, tendo anteriormente deixado de ir ao lugar numa diligência postal. Mas francamente, sendo a estação ferroviária no plano e a cidade no alto de uma extraordinária colina, você tem tempo para esquecer a resfolegante indiscrição enquanto serpenteia para cima em direção à porta da cidade. A posição de Orvieto é esplêndida – digna da "distância média" de uma paisagem do século XVIII. Mas, como todos sabem, a esplêndida catedral é a verdadeira atração do lugar, que, salvo por esse belo monumento e por seus taludes íngremes e em mau estado, é uma pequena cidade com aparência modesta e, com o que acontece com as cidades italianas, resulta sem interesse particular. Passei um belo domingo ali e visitei a encantadora igreja. Dei-lhe minha melhor atenção, embora no todo eu temesse achá-la inferior a sua fama. A fachada densamente esculpida e ricamente coberta com radiantes mosaicos constitui um notável concerto de cores. O velho mármore branco das partes esculpidas é tão suavemente amarelo quanto o marfim antigo; excepcionalmente claras, as grandes composições acima dele brilhavam e cintilavam no tempo glorioso. Muito impressionantes e interessantes os afrescos teológicos de Luca Signorelli, embora eu tenha visto composições dessa ordem geral que me atraíram mais. Por fim, caracteristicamente límpidos, os santos e os serafins, com roupas rosa e azuis, que Fra Angélico pintou no teto da grande capela, junto com uma nobre figura sentada do Cristo Juiz – mais expressiva em termos de movimento que a maioria das criações desse apaziguador pictórico. No entanto, o interesse da catedral de Orvieto encontra-se, sobretudo, não no resultado visível, mas no processo histórico que está por trás dele; esses trezentos anos de aplicada devoção de um povo sobre o qual um estudioso americano escreveu um admirável relato.[36]

1877

---
[36] Charles Eliot Norton, *Study and Travel in Italy*.

Férias romanas

Seguramente é agradável estar alegre no momento certo, mas o momento certo dificilmente me parece ser os dez dias do Carnaval romano. Talvez eu suspeitasse cinicamente de que não manteriam, para minha imaginação, a brilhante promessa da lenda, mas fui corroborado pelo acontecimento e tive menos consciência das influências festivas da temporada do que da inalienável gravidade do lugar. Houve um tempo em que o Carnaval era uma questão séria – isto é, entusiasticamente alegre, mas, graças às botas de sete léguas que o reino da Itália recentemente calçou para a marcha do progresso em outras direções, a moda da folia pública saiu pesarosamente da cadência. Duvido que um americano possa conceber exatamente o estado de espírito e as maneiras com que o Carnaval se realizava em generosa boa fé; ele só pode se dizer que por um mês do ano deveria haver coisas – coisas que tinham consideravelmente a ver com humilhação – que seria conveniente esquecer. Mas agora que a Itália está feita, o Carnaval está desfeito; e não somos especialmente tentados a invejar a atitude de uma população que perdeu seu prazer de brincar e ainda não adquiriu em extensão significativa entusiasmo pelo trabalho. O espetáculo no Corso pareceu-me, no todo, uma ilustração dessa grande ruptura com o passado cujo choque, um tanto amortecido, o cristianismo católico sentiu em setembro de 1870. Um viajante familiarizado com a Roma plenamente papal, ao voltar em algum momento durante o último inverno, deve ter imediatamente observado que algo importante ocorrera – algo hostil aos elementos do quadro e da cor e do "estilo". Recebi minha primeira advertência, dez minutos após minha chegada, ao me ver cara a cara com uma banca de jornais. A impossibilidade, nos dias anteriores, de ter qualquer coisa na linha jornalística, a não ser o *Osservatore Romano* e a *Voce della Verità*, costumava parecer-me muito ligada ao vagar pensamento e à tranquilidade de espírito extraordinários aos quais o lugar o conduziu. Mas agora o leve cicio da Voz da Verdade é abafado pela nota rouca dos vendedores vespertinos do *Capitale*, do *Libertà* e do *Fanfulla*; e Roma lendo notícias não expurgadas é de fato outra Roma. Para cada assinante do *Libertà* pode bem haver menos um antigo mascarado e folião. Um sinal significativo do novo regime é o aumento extraordinário da população. O Corso sempre foi uma rua cheia, mas agora é uma permanente aglomeração. Pergunto-me sempre onde os recém-chegados estão alojados, de que modo essas flores imaculadas da moda, tais como os cavalheiros que olham as carruagens, podem florescer na atmosfera dessas *camere mobiliate*[37] de que eu tive uma ideia. Essa, porém, é uma indagação deles, que a enfrentam muito valorosamente. Proclamavam de certo modo, diante de todo meu espanto, que por força dos números Roma fora secularizada. Um dândi italiano é uma figura que visualmente não pode ser ignorada, mas essas apreciáveis aglomerações deles dificilmente oferecem compensação pelos *monsignori*[38] ausentes, andando pelas ruas com suas meias púrpuras e seguidos pelos solenes serviçais que agradeciam em seu nome as inclinações das pessoas do povo; pelos adornos de luto dos coches dos cardeais, que antigamente brilhavam com o escarlate e balançavam com o peso dos lacaios pendurados atrás; pela certeza de que você, com a melhor sorte do viajante, não encontrará o Papa sentado no fundo da sombra de sua grande carruagem, com dedos erguidos como algum ídolo inacessível em seu santuário. Você pode de fato encontrar o Rei, que é feio, tão imponentemente feio quanto alguns ídolos, embora não tão inacessível. Um dia, quando eu passava pelo Quirinal, ele passava em uma carruagem baixa, com um único acompanhante; e um grupo de homens e mulheres que estivera esperando perto do portão correu para ele com vários papéis dobrados.

---

[37] Em italiano no original, "cômodos mobiliados". (N.T.)

[38] Em italiano no original, "monsenhores". (N.T.)

A carruagem diminuiu a velocidade, e ele pôs no bolso as ofertas deles, com ar sério – o de um homem afável aceitando prospectos na esquina. Ali estava um monarca no portão do seu palácio recebendo pedidos de seus súditos – sendo convocado a fazer-lhes justiça. A cena deveria ter-me emocionado, mas de algum modo não tinha mais intensidade do que uma xilogravura num jornal ilustrado. No máximo eu deveria considerá-la familiar, admiravelmente familiar, com certeza, pois havia recentemente poucos soberanos reinantes, acredito eu, com os quais seu povo gozava dessas relações filiais corpo a corpo. Este ano, porém, o Rei tivera tão pouco a ver com o Carnaval quanto o Papa, e os estalajadeiros e os americanos trataram dele por conta própria.

Foi anunciado para começar às duas e meia de certo sábado, e pontualmente, ao dar a hora, de meu quarto, que dava para um amplo pátio, ouvi uma súbita multiplicação de sons e confusão de línguas no Corso. Eu estava escrevendo para um amigo que me importa mais do que qualquer mera folia, mas enquanto os minutos passavam e a algazarra se intensificava, a curiosidade se sobrepunha à afeição, e me lembrei de que eu estava muito perto de um acontecimento cuja fama havia contribuído para os devaneios de minha infância. Eu tinha um livro de recortes, com uma figura colorida da partida dos cavalos bravos enfeitados, e podia frequentar uma biblioteca rica em lembranças e anuários, em cujo frontispício em geral havia uma mulher de máscara em um balcão, heroína de um encantador conto que vinha a seguir. Agitado por essas suaves lembranças, desci para a rua, mas confesso que procurei em vão por uma mulher de máscara que pudesse servir de frontispício, em vão qualquer objeto que pudesse ornar um conto. Mulheres com máscara e encobertas havia em abundância, mas as máscaras eram de feia tela, parecendo perfeitamente as pequenas proteções postas sobre os fortes queijos nos hotéis alemães, e o traje que as envolvia era uma capa impermeável em mau estado com o capuz posto sobre seus coques. Estavam armadas de grandes pás ou funis de lata, com os quais, solenemente, tiravam cal e farinha de cestos e derramavam nas cabeças das pessoas na rua. Estavam amontoadas em balcões por todo o caminho ao longo da perspectiva retilínea do Corso, em que seu banho calcário mantinha uma névoa densa, arenosa e não palatável. A aglomeração era compacta na rua, e os americanos por seu turno jogavam confetes tirados de grandes sacolas penduradas no pescoço. Era uma réplica do tipo "você é outro", e menos condizente do que eu esperara com a alegre zombaria que a tradição liga a essa festa. A cena era interessante, em suma, mas de algum modo não era como eu sonhara que fosse. Permaneci atento, suponho, mas com uma cara limpa peculiarmente tentadora, pois em pouco tempo recebi meio cesto de farinha em minha cabeça por demais filosófica. Tratava-se decididamente de uma ignóbil forma de humor. Sacudi minhas orelhas como um mergulhador que emerge, e tive uma súbita visão de como certas partes afastadas de Roma devem ser tranquilas e ensolaradas e solenes, peculiar e imperturbavelmente elas próprias, seguras contra qualquer intrusão menos simpática que a sua própria. O Carnaval tinha recebido seu golpe de morte em minha imaginação; e se tornou para sempre apenas um tênue e obscuro fantasma de prazer que, esvoaçante, entrava e saía, a intervalos, de minha consciência.

Como consequência, dei as costas ao Corso e dirigi-me às áreas cobertas por vegetação deliciosamente livres até mesmo da possibilidade de um compatriota. E assim, dando exemplo, passei o Carnaval passeando perversamente ao longo da silenciosa periferia de Roma. Sem dúvida perdi muita coisa. A Princesa Margarita ocupou um balcão em frente ao espaço aberto que leva à Via Condotti, e, acredito eu, como a discreta princesa que é, os projéteis que distribuiu eram apenas bombons, buquês e pombas brancas. Eu teria esperado meia hora, qualquer dia, para ver a Princesa Margarita sustentar uma pomba em seu dedo indicador, mas nunca tive a oportunidade de observar qualquer preparativo nesse sentido. E no entanto, faça o que fizer, você não pode evitar o Carnaval. Com o passar dos dias, ele se infiltra no comportamento das pessoas comuns, e antes que a semana termine os próprios mendigos, nas portas das igrejas, parecem ter chegado a gastos com um traje de dominó. Quando você encontra esses sujos espécimes de palhaçadas saltando em obscuras ruelas a todas as horas do dia e da noite, saindo rapidamente pelos portões entre os sebentos grupos que se juntam em torno das entradas romanas, você sente que um amor pelas "brincadeiras", quanto mais animado melhor, deve há muito ter sido implantado no espírito romano por uma mão forte. Um americano simples fica assombrado com o número de pessoas, de todas as idades e de várias condições, para as quais nada custa, do tipo de um ingênuo rubor, andar para cima e para baixo pelas ruas com as roupas de um figurante de teatro. Pais de família fazem-no diante de uma progênie admiradora; tias e tios e avós o fazem; toda a família o faz, com variado esplendor, mas com a mesma boa consciência. "Um bando de crianças!" – diz, pelo incômodo, o estrangeiro indubitavelmente muito consciente de si, e tenta imaginar-se pavoneando-se pela Broadway com um capacete de lata amassado e uma malha amarela. Nossos vícios certamente são diferentes; isso faz esses do tipo inocente serem tão ridículos. Uma consciência de si que recua tão facilmente deixa-me a impressão de uma relação próxima com a amenidade, a urbanidade e a beleza geral que, de minha parte, eu lamentaria taxá-la com um imposto, temendo que esses outros produtos deixassem também de vir ao mercado.

Fui recompensado, quando me afastei com os ouvidos cheios de farinha, pelo vislumbre de uma vida mais intensa que a suja folia do Corso. Segui pelas ruelas até os degraus que sobem ao Capitólio – esse longo plano inclinado, interrompido a cada dois passos, que é o infalível desapontamento, acredito eu, de turistas preparados para enlevos retrospectivos. Certamente o Capitólio visto desse lado não é grandioso. A colina é tão baixa, a subida tão estreita, a arquitetura de Michelangelo no quadrilátero em cima tão seca, todo o lugar de algum modo parece tão mais um montículo do que uma montanha, que, nos primeiros dez minutos de sua permanência ali, a história romana parece subitamente ter-se afundado por um alçapão. Todavia, emerge do outro lado, no Fórum; e ali nesse ínterim, se você não tem a sensação do sublime, tem aos poucos uma sensação da refinada composição. Em nenhuma outra parte Roma é mais cor, mais encanto, mais recreação para o olho. O suave declive, durante os meses de inverno, está sempre coberto por pessoas que indolentemente buscam o sol, e em especial por aqueles membros da população romana mais constantemente óbvios – mendigos, soldados, monges e turistas. Os mendigos e camponeses ficam arrastando os pés ao longo do mais grandioso dos lugares de ócio, os grandes degraus da Ara Coeli. A aparência acanhada do Capitólio é intensificada, penso eu, pela vizinhança dessa imensa escadaria branca, que se deteriora pelo desuso, o mato espesso crescendo em suas gretas e subindo para a fachada rudemente solene da igreja. A luz do sol dardeja contra essa grande parede inacabada apenas para iluminar sua desesperança indistinta, sua expressão de incompletude consciente, irremediável. Às vezes, concentrando contra o profundo céu azul sua enferrujada tela, com a pequena cruz e o pórtico esculpido que projetam uma sombra bem delineada sobre os tijolos, ela parece ter mais ainda do que uma desolação romana, sugere confusamente Espanha e África – terras sem *risorgimenti*[39] latentes, sem absolutamente nada a não ser um passado fatal. A loba legendária de Roma foi recentemente acomodada numa pequena gruta artificial, entre cactos e palmeiras, no fantástico jardim triangular espremido entre os degraus da igreja e a subida para o Capitólio, onde ela faz uma permanente recepção e "atrai" aparentemente de modo tão poderoso quanto o próprio papa. Acima, na *piazzetta* diante do palácio de estuques que se ergue tão elegantemente sobre um térreo com três vezes seu tamanho, encontram-se mais ociosos e tricoteiras ao sol, sentados em torno da base cheia de inscrições da estátua de Marco Aurélio. Hawthorne exprimiu perfeitamente a atitude dessa admirável figura ao dizer que ela estende o braço com "uma autoridade que é em si uma bênção". Duvido que qualquer estátua de rei ou capitão, nos lugares públicos do mundo, tenha mais para recomendá-la ao afeto geral. Irrecuperável simplicidade – que reside assim em um irrecuperável Estilo –, não tem representante mais vigoroso. Eis uma impressão que os escultores dos últimos trezentos anos tentaram laboriosamente reproduzir, mas, comparados com esse suave e velho monarca, seus cavaleiros empinados sugerem uma sucessão de professores de equitação acompanhando escolas de moças. O caráter admiravelmente humano da figura sobrevive à decomposição enferrujada do bronze e ao leve "enfraquecimento" da arte; e se pode considerar como singular que na capital da cristandade o retrato mais sugestivo de uma consciência cristã seja o de um imperador pagão.

Você recupera em certo grau suas sufocadas esperanças de sublime quando passa pelo palácio e escolhe entre uma e outra das ladeiras em curva para descer até o Fórum. Então você vê que o pequeno edifício de estuques não passa de uma excrescência moderna no vigoroso

---

[39] Em italiano no original, "ressurgimentos", "renascimentos". O Risorgimento foi o movimento de unificação da Itália no século XIX. (N.T.)

penhasco de uma estrutura primitiva, cujos grandes blocos de tufo poroso, postos uns sobre os outros, parecem resolver-se na colossal coesão da rocha bruta. Há prodigiosas estranhezas na união dessa superestrutura leve e de fachada nova com essas fundações profundas e antigas; e poucas coisas em Roma são mais atraentes para o olhar do que medir a longa linha de prumo que desce das janelas habitadas do palácio, com seus pequenos balcões que espreitam do alto, suas cortinas de musselina e suas gaiolas, até a escarpada obra da República. No Fórum propriamente dito o sublime é de novo eclipsado, embora a última extensão das escavações lhe dê uma oportunidade.

Nada em Roma ajuda sua imaginação a um mais vigoroso voo retrospectivo do que encostar-se, num dia ensolarado, à cerca que protege as grandes prospecções centrais. Mais coisas do que você pode repetir lhe são "ditas" quando você vê o passado, o mundo antigo, enquanto fica ali, apresentado fisicamente com a pá e transformado de um fato imaterial e inacessível do tempo em uma questão de solos e superfícies. O prazer é o mesmo – em espécie – do que aquele de que você usufrui em Pompeia, e a dor a mesma. Não foi ali, porém, que descobri minha compensação por perder o espetáculo do Corso, mas em uma pequena igreja no final de um estreito caminho secundário, que se afasta para o alto em direção ao Palatino, começando ao lado do Arco de Tito. Esse pequeno caminho o leva entre altos muros, depois faz uma curva e o introduz em uma longa sequência de pequenas imagens enferrujadas e escuras de estações da cruz. Para além destas, fica uma pequena igreja com uma fachada tão modesta que você mal a reconhece antes de ver a cortina de couro. Nunca vejo uma cortina de couro sem a afastar; com certeza encobre um *cenário* organizado de algum tipo – bom, mau ou indiferente. O cenário dessa vez era pobre – seus principais elementos eram castiçais esbranquiçados e embaçados e flores de musselina mofadas. Eu não teria permanecido se não me tivesse chamado a atenção a atitude do único devoto – um jovem padre ajoelhado diante de um dos altares laterais, que, quando entrei, ergueu a cabeça e me olhou de lado, tão carregado com o langor da devoção, que imediatamente se tornou objeto de interesse. Ele estava visitando sucessivamente cada um dos altares e beijando suas balaustradas. Estava sozinho na igreja, e na verdade em toda a região. Não havia mendigos nem mesmo na porta; estavam desempenhando sua atividade nos arredores do Carnaval. No lugar inteiramente deserto, só ele se ajoelhava pela religião, e, enquanto me sentava respeitosamente, parecia-me que eu podia ouvir no perfeito silêncio o alvoroço distante dos mascarados. Foi minha recente impressão dessas pessoas frívolas, suponho eu, juntamente com a extraordinária gravidade do rosto do jovem padre – seu cansaço piedoso, sua monótona oração e seu isolamento –, que me deu, naquele momento e ali, uma visão suprema da paixão religiosa, de suas privações, suas resignações, seus esgotamentos e de sua quota de prazer terrivelmente pequena. Ele era jovem e forte, e evidentemente de fibra não tão refinada para usufruir do Carnaval, mas, posto ali com o rosto empalidecido pelo jejum e os joelhos endurecidos pela oração, parecia uma sátira tão implacável do Carnaval e dos milhares de enlouquecidos que o preferiam ao *seu* caminho, que eu de certo modo esperava ver algum presságio celeste descer de uma lenda monástica e confirmar sua escolha. No entanto, confesso que, embora eu não estivesse apaixonado pelo Carnaval, a preferência dele parecia implacável, e essa rejeição do mundo parecia um jogo terrível – só se é vitorioso se o zelo nunca vacila; caso contrário, o combate é duro. Nessa hora, para um jovem forte como o herói de minha história, o cheiro de incenso deve parecer horrivelmente rançoso, e as flores de musselina e os castiçais dourados não representam grande tentação. E não o teria ajudado muito pensar que não muito longe dali, logo depois do Fórum, no Corso, havia diversão para a multidão, e por nada. Duvido, por outro lado, que meu jovem padre tivesse pensado nisso. Ele erguera para si um templo a partir dos próprios elementos de sua inocência, e suas orações se sucediam muito rápido para o tentador se insinuar num sussurro. E assim descobri um fato da natureza humana mais sólido do que o amor dos *coriandoli*[40].

Naturalmente nunca se passa pelo Coliseu sem prestar-lhe tributo – sem passar por um dos cem portais, cruzar o longo oval e sentar-se por um momento, geralmente, no centro, ao pé da cruz. Quando o faço, sempre sinto como se estivesse sentado nas profundezas de algum

---

[40] Em italiano no original, "confetes". (N.T.)

vale alpino. As partes superiores do lado do Esquilino parecem tão remotas e desoladas quanto um cume alpino, e você ergue os olhos para a linha irregular do horizonte, inundada pelo sol e prateada pelo ar azul, com a mesma sensação que teria diante de um penhasco cinza em que uma águia se instalaria. Esse aspecto grosseiramente montanhoso da grande ruína constitui seu principal interesse; a beleza dos detalhes desfez-se consideravelmente, em especial desde que as altas flores silvestres foram arrancadas pelo novo governo, cujos funcionários, com certeza, em certos pontos de sua tarefa, devem ter-se sentido como se partilhassem a terrível atividade dos que colhem salicórnia. Mesmo que esteja a caminho de Latrão, você não lamentaria, ao deixar o Coliseu, os vinte minutos que lhe custaria passar sob o Arco de Constantino, cujos nobres e maltratados baixos-relevos, com a cadeia de trágicas estátuas – bárbaros agrilhoados, esmorecidos – em torno de sua parte superior, suponho que você tenha admirado profundamente, voltado para a *piazzetta* da igreja de San Giovanni e Paolo, na colina de Célio. Nenhum lugar de Roma pode mostrar uma reunião de mais encantadores acidentes. A antiga abside de tijolo da igreja volta-se para as árvores do pequeno caminho arborizado diante da vizinha igreja de San Gregorio, intensamente venerável sob sua excessiva modernização; e uma série de pesados contrafortes de tijolo, indo em arco de uma parede a outra, cruzam por sobre a pequena e íngreme passagem pavimentada que leva à pequena praça. Esta é limitada em um dos lados pelo longo pórtico medieval da igreja dos dois santos, sustentado por oito colunas de granito e mármore escurecidas pelo tempo. De outro lado erguem-se as paredes com poucas janelas de um convento passionista, e no terceiro lado as grandes portas de uma grande *villa*, cujo porteiro, de elevada estatura, com seu distintivo e seu bastão com ponta de prata, postado de modo sublime atrás de sua grade, parece uma espécie de São Pedro mundano, suponho, para os mendigos que se sentam à porta da igreja ou se estendem ao sol ao longo da subida mais adiante que leva ao portão do convento. O lugar sempre me parece a perfeição de um recanto afastado – um lugar em relação ao qual você pensaria duas vezes antes de falar dele às pessoas, com receio de as encontrar ali da próxima vez que você estivesse para ir lá. Para encontrar na porta de casa esse grupo de objetos, isoladamente e em sua feliz combinação, é preciso vir a Roma, mas o que faz dele um quadro peculiar é o belo campanário vermelho escuro da igreja, que está encaixado na massa do convento. Ele começa, como tantas coisas em Roma começam, com uma sólida base de travertino antigo, e se ergue alto, numa alvenaria medieval delicadamente singular – pequenas beiradas e aberturas sustentadas por colunas em miniatura e ornamentadas com pequenas placas rachadas de mármore verde e amarelo, inseridas quase aleatoriamente. Quando há três ou quatro *contadini* de dorso moreno dormindo ao sol diante das portas do convento, e um monge que sai, lançando sua sombra sobre eles, penso que você não encontrará em Roma nada mais *desenhável*.

Se você parar, porém, para observar tudo o que for digno de suas aquarelas, nunca chegará a São João de Latrão. Meu interesse era muito menos pelo interior desse templo vasto e vazio, frio e limpo, que nunca considerei particularmente interessante, do que por certos aspectos encantadores de seu entorno – o antigo pátio inclinado ao lado, que nos leva ao Batistério e a uma encantadora vista, nos fundos, da curiosa miscelânea arquitetônica que em Roma pode compor uma fachada eclesiástica muito adornada. Há mais ainda - uma mistura mais estranha de detalhes casuais, de recessos escondidos, saliências temerárias e janelas inexplicáveis - do que eu tenha lembrança ou que possa exprimir de modo adequado, mas a joia da coleção é a torrinha pontiaguda estranhamente posta no alto, com seu travertino amarelo sobre o tijolo envelhecido, que não devia ser percebido, sendo que a estrutura de tijolo embaixo se retrai e a deixa na estranha posição de uma torre *sob* a qual você pode ver o céu. Quanto à grande fachada da igreja que dá para a Porta San Giovanni, você não pode ir detrás dos cenários; o termo é bastante adequado, pois a arquitetura tem um ar muito teatral. É extremamente imponente – só a de São Pedro o é mais; e quando bem distante, na Campagna, você vê as imagens colossais dos santos com mitra ao longo do topo, postados distintamente contra o céu, você esquece sua construção grosseira e seus trajes inflados. É verdadeiramente soberana a vista a partir do grande espaço que se estende dos degraus da igreja até o muro da cidade. Você tem logo a seu lado, após a grande alcova de mosaicos, a Scala Santa, a escadaria de mármore que (diz a lenda) Cristo desceu sob o peso do juízo de Pilatos, e que todos os cristãos devem para sempre subir de joelhos; diante de você está o portão da cidade que abre para a Via Appia Nuova, a longa e desolada sucessão de arcos do aqueduto de Claudio – com seu cimo recortado se estendendo ao longe, como a coluna vertebral de algum monstruoso esqueleto em deterioração –, e para as planícies e vales da Campagna, de marrons e vermelhos brilhantes, e o azul incandescente das montanhas de Alban, manchadas com suas cidadezinhas brancas e no alto; enquanto à sua esquerda se encontra o grande espaço coberto de vegetação, margeado por amoreiras anãs e que se estende até a pequena e úmida basílica-irmã de Santa Croce in Gerusalemme. Durante uma visita anterior a Roma, apaixonei-me por essa área vazia,[41] e perdi muito tempo sentado nos degraus da igreja, olhando certos frades com capuz branco que estavam certos de passarem ali para o prazer de meus olhos. Há menos frades agora, e há muito maior número de recrutas do rei, que habitam antigas construções conventuais adjacentes a Santa Croce e são levados a praticar seu passo de ganso no gramado ensolarado. Aqui também os coitados dos velhos cardeais que não podem mais ser vistos no Pincio descem de seus carros funerários e descansam os veneráveis joelhos. Só esses cardeais dão testemunho do tradicional esplendor dos príncipes da igreja, pois, enquanto andam, a saia negra levantada revela um lampejo de meias escarlates e faz você lamentar a vitória da civilização sobre a cor.

 Se o interior de São João de Latrão o desaponta, você tem fácil compensação ao seguir com vagar pelo caminho que a liga a Santa Maria Maggiore e entrar na nave singularmente perfeita dessa igreja que é uma das mais encantadoras. No primeiro dia de minha estada em Roma, seguindo o antigo plano, passei o tempo perambulando ao acaso pela cidade, com prejuízo para meu *valet-de-place*. Isso me servia à perfeição e me apresentou às melhores coisas, entre outras a uma imediata e feliz relação com Santa Maria Maggiore. Primeiras impressões, memoráveis impressões, são em geral irrecuperáveis; com frequência deixam a pessoa mais informada, mas raramente retornam do mesmo modo. De minha entrada sem informação e despreparada

---

[41] Cheia de construções e desaparecida – 1909.

no lugar de culto e de curiosidade, lembro-me apenas de que me sentei por meia hora na beira da base de uma das colunas de mármore da bela nave e usufruí de um perfeito festim de – como devo dizê-lo? – gosto, inteligência, imaginação, emoção perceptiva? O lugar se mostrou tão infindavelmente sugestivo que a percepção se tornou uma palpitante confusão de imagens, e saí com a sensação de ter conhecido muita coisa que não está registrada no Murray[42]. Sentei-me mais de uma vez na base da mesma coluna, mas você vive sua vida apenas uma vez, tanto as partes quanto o todo. O óbvio encanto da igreja está na elegante grandeza da nave – sua perfeita beleza e sua rica simplicidade, sua longa e dupla fileira de colunas de mármore branco e seu alto teto plano, ornado com intrincados ornamentos e frisos. Abre-se para um coro que tem um efeito de extraordinário esplendor, e que lhe recomendo observar numa bela tarde. Nesse momento a resplandecente luz do poente, ao entrar pelas altas janelas da tribuna, inflama num brilho sombrio as dispersas massas de cor, cintila no grande e solene mosaico da abóbada, toca com fulgores de rubi as colunas de pórfiro do esplêndido baldaquim e enterra suas setas resplandecentes nas sombras de tons profundos que pairam em torno de afrescos e esculturas e frisos. Todavia, o encanto mais profundo, até mesmo mais do que nessas coisas, está na nota ou no tom ou na atmosfera social ou histórica da igreja – procuro desajeitadamente, como você vê, a expressão correta; a sensação que lhe dá, em comum com a maioria das igrejas romanas, e mais do que qualquer uma delas, de nela uma curiosa e complexa sociedade ter rezado por vários séculos. Não é preciso grande atenção para que você veja que a autoridade do catolicismo italiano não diminuiu pouco nessa época; talvez também não seja preciso menos para sentir que, como se encontram, esses templos desertos eram o fruto de uma sociedade impregnada completamente por costumes eclesiásticos, e que constituíram por muito tempo o fundo constante do drama humano. São, por assim dizer, as igrejas mais *eclesiásticas* da Europa – as mais plenas de lembranças reunidas, de experiência de sua função. Não há uma única figura, sobre a qual se tenha lido nos anais do mundo antigo, que não se possa imaginar ajoelhando na ocasião

---

[42] Referência a um guia de viagem de autoria de John Murray. (N.T.)

apropriada diante da Confissão adornada por lâmpadas sob o altar de Santa Maria Maggiore. No entanto, vê-se afinal, até entre as realidades mais palpáveis, muito do que o jogo da imaginação de alguém projeta ali; e apresento minhas observações simplesmente como um lembrete de que as idas constantes de alguém a esses lugares não são os episódios menos interessantes dos seus passeios por Roma.

    Eu havia planejado apresentar uma simples ilustração do hábito de frequentar igrejas, por assim dizer, mas o fiz com uma extensão tal, que pouco espaço restou para tocar nos inumeráveis tópicos esboçados pela pena que começa a tomar notas romanas. É pela *flânerie*[43] sem objetivo, que o deixa livre para seguir caprichosamente qualquer indício de entretenimento, que você chega a conhecer Roma. A maior parte da vida em torno de você acontece nas ruas; e para um observador novato, proveniente de um país em que o cenário urbano é no mínimo monótono, parecem abundar aqui o acontecimento, o peculiar, a cena. Tenho consciência - com remorso, apresso-me em acrescentar – de que me lancei ao tema das igrejas e dos passeios romanos sem algo como uma alusão preliminar à igreja de São Pedro. Pode-se seguir para ali em dias chuvosos com intenções de exercício e distração – para pôr o caso apenas nesses termos. Considerada não menos um passeio do que uma igreja, São Pedro naturalmente reina sozinha. Mesmo para o "constitucional" profano, ela serve onde os Boulevards, onde Piccadilly e onde a Broadway são insuficientes, e, se não oferecia para nosso uso a mais grandiosa área do mundo, oferecia ainda a mais entretida. Poucas grandes obras de arte duram mais para a curiosidade, para a atenção permanentemente transcendida. Você pensa que apreendeu toda a coisa, mas ela se expande, ergue-se mais uma vez sublime, e torna pobre a avaliação que você faz dela. Você nunca deixa a pesada cortina de couro cair com barulho atrás de você – seu fraco soerguimento de uma pequena ponta da amplidão acolchoada parece a liberdade tomada ao dobrar o canto em pergaminho de alguma página de grande fólio – sem sentir que todas as visitas anteriores foram tentativas fracassadas de apreensão e que a atual realiza sua primeira posse real. A indagação convencional sempre quer saber se a pessoa

---

[43] Em francês no original, "passeio ocioso", "perambulação". (N.T.)

ficou "desapontada com o tamanho", mas umas poucas pessoas sinceras aqui e ali, espero, nunca deixarão de dizer não. O lugar de imediato me toca como a maior coisa concebível – uma exaltação real da ideia de espaço –, de modo que a entrada de alguém – mesmo vindo da grande praça vazia que ou resplende sob o céu azul profundo ou faz da fria sombra projetada longe pela imensa fachada algo que parece um grande país cor de ardósia em um mapa – parece não tanto um ir para dentro de algum lugar quanto um ir para fora. O simples homem de prazer em busca de novas sensações poderia muito bem não saber onde superar seu encontro ali com o choque do sublime que o leva, na entrada, a uma imediata pausa para retomar o fôlego. Há dias em que a vasta nave parece misteriosamente mais vasta do que em outros, e o belo baldaquim parece estar ao cabo de uma viagem mais longa pela extensa planície em mosaico do pavimento, e em que a luz ainda tem uma característica que deixa as coisas avultarem, enquanto as figuras dispersas – quero dizer as figuras humanas, pois há muitas outras – marcam com felicidade a escala dos elementos e das partes. Então você só tem de andar e andar, e olhar e olhar, ver o glorioso altar-pálio erguer sua arquitetura de bronze, suas colossais contorções ornamentadas, como um templo dentro do templo, e se sentir, no fundo do poço abismal da abóbada, reduzido a um ponto rastejante.

Grande parte da beleza constituída reside no fato de que se trata de beleza geral, de que você não é atraído por nenhum detalhe específico, ou pelo menos de que os detalhes praticamente nunca importunam, são algo tão certo quanto os tenentes e os capitães em um grande exército permanente – no qual aspectos individuais podem figurar aqui a série variável da dignidade decorativa em que os detalhes, quando observados, frequentemente se mostram pobres (embora nunca sem imponência e nunca não substancialmente preciosos) e às vezes se mostram ridículos. As esculturas, com a única exceção da inefável Pietà de Michelangelo, que se esconde obscuramente em uma capela lateral – esta constitui, para minha percepção, a mais rara *combinação* artística das maiores coisas que a mão do homem produziu –, são ou ruins ou indiferentes; e a incrustação universal de mármore, embora suficientemente suntuosa, tem um efeito menos brilhante que o de obras muito posteriores do mesmo tipo, como por exemplo as de São Paulo fora dos Muros. A suprema beleza está na simplicidade esplendidamente equilibrada do todo. A coisa representa uma imaginação prodigiosa sob extraordinário esforço, embora esforço, em seu clímax mais feliz, sem ruptura. Digo clímax mais feliz porque esta é a única criação de seu ardoroso autor em presença da qual você está em presença da serenidade. Você pode invocar a ideia de tranquilidade em São Pedro sem uma sensação de sacrilégio – o que dificilmente pode fazer, se está de algum modo espiritualmente nervoso, na Abadia de Westminster ou em Notre Dame. A vasta claridade ali encerrada tem muito a ver com essa ideia. Não há sombras de que falar, não há efeitos marcados de sombra, somente efeitos inumeráveis de luz – pontos em que esse elemento parece se concentrar em densidade etérea e espraiar-se em belas gradações e cadências. Desempenha o ofício de trevas ou de mistério nas igrejas góticas; paira como uma bruma que ondula pela abóbada ornamentada da nave, dissolve numa brilhante mistura as cintilações do mosaico da abóbada, apega-se, aglomera-se e demora, anima toda a imensa concha, imensa e, sem o quê, vazia. Um bom católico, suponho, é o mesmo católico em qualquer parte, diante dos mais grandiosos tanto quanto dos mais humildes altares, mas, para um visitante não formalmente alistado, São Pedro fala menos de aspiração do que de plena e conveniente segurança. A alma se expande infinitamente ali, mas em seu nível inteiramente humano. Maravilha-se com o alcance de nosso sonho e a imensidão de nossos recursos. Ficar tão impressionado e sentir-se em seu lugar, diríamos, é estar suficientemente "salvo"; não podemos ser mais do que isso no próprio céu; e o que um tal espetáculo ou um tal substituto pode carecer de beleza especificamente celeste é compensado por ele em termos de certeza e tangibilidade. No entanto, se as horas da pessoa não são passadas nesse cenário em efetiva oração, o espírito a busca de novo como que para melhor conforto, para a bênção, exatamente, de seu exemplo, de sua proteção e de sua exclusão. Quando você está cansado da democracia fervilhante de seus colegas turistas, dos aspectos não recompensadores da natureza humana no Corso e no Pincio, da combinação frequentemente opressiva de coroas de nobreza nas laterais de carruagens e de rostos estúpidos nas carruagens, de cérebros confusos e botas envernizadas, de ruína e sujeira e deterioração, de padres e mendigos e aproveitadores, de inúmeros indícios de uma civilização trôpega, a imagem do grande templo abaixa a balança de suas dúvidas, parece erguer-se acima até mesmo da mais alta maré de vulgaridade e fazer com que você ainda acredite na vontade heroica e no ato heroico. É um alívio, em outras palavras, sentir que há apenas uma tarifa de veículo de aluguel entre seu pessimismo e uma das maiores realizações humanas.

    Isto poderia servir como uma peroração de Quaresma para essas minhas observações que se desviaram tão angustiosamente de seu texto jovial, se eu não devesse com justiça confessar que minha última impressão do Carnaval era totalmente carnavalesca. Os festejos da Terça-Feira de Carnaval tinham vida e felicidade; a letra morta da tradição rompeu em natureza e graça. Guardei meu ceticismo e passei uma longa tarde no Corso. Quase todo mundo estava mascarado, mas você não precisava conformar-se; a chuva intensa de confete o disfarçava eficazmente. Não posso dizer que achei tudo divertido, mas aqui e ali observei um episódio mais luminoso – um palhaço aos saltos inflamado por uma contagiante alacridade, algum humorista mais refinado em torno do qual a cada trinta jardas se forma um círculo que manifesta alegria diante de suas incansáveis piadas. Um artista mais sagaz agradou-me tão especialmente, que eu teria ficado satisfeito em vislumbrá-lo ao natural. Você imaginava que ele estivesse em prodigiosas férias intelectuais e que sua alegria fosse em proporção inversa a seu estado de espírito diário. Vestido como um letrado pobre, com um antigo traje formal e com um desbotado chapéu preto e luvas fantasticamente remendadas, portava com cuidado um pequeno volume sob o braço. Suas brincadeiras eram de excelente gosto, todo seu comportamento era a perfeição da comédia elegante. A multidão parecia gostar muito dele, e ele de imediato dominava uma plateia divertidamente atenta. Perdi muitas de suas piadas; as que peguei eram excelentes. Seu truque consistia com frequência em começar pegando alguém, urbana e carinhosamente, pelo queixo e em elogiar a *intelligenza della sua fisionomia*. Fiquei perto dele tanto quanto pude, pois me impressionou como um autêntico artista irônico, alimentando uma desinteressada paixão pelo grotesco, ao mesmo tempo, porém, motivada e moral. Eu teria gostado – se de fato eu não tivesse temido – de vê-lo na manhã seguinte, ou quando ele retirasse a máscara nessa noite para sua ceia, duramente ganha em uma enfumaçada *trattoria*. À medida que a noite avançava, a multidão se adensava e se tornava uma mistura completa de farristas que gritavam, se empurravam, se deslocavam, mas sem brigas. A chuva de projéteis cessou com o anoitecer, mas o depósito universal de giz e farinha foi pisoteado e transformado numa nuvem tornada lívida pelas trêmulas pirâmides das lâmpadas a gás que substituíam na ocasião as insuficientes luminárias romanas. No início da noite ocorreu a clássica exibição dos *moccoletti*[44], que só vi parcialmente, como um lânguido repórter resignado de antemão a ser despedido por falta de iniciativa. Da entrada de uma rua secundária, por sobre milhares de cabeças, percebi um imenso carro iluminado a se mover lentamente, e do qual se disparavam luzes azuis, foguetes e velas romanas, formando todos um ofuscante e fuliginoso clarão muito acima das casas. Era como o vislumbre de alguma orgia pública na antiga Babilônia. Ao amanhecer, enquanto caminhava para casa vindo de um entretenimento particular, vi ainda a Quarta-Feira de Cinzas à distância. O Corso, fulgurante de luz, cheirava como um circo. Todos tomavam amigavelmente liberdades com todos os demais e usavam os restos da energia festiva em convulsivos gritos e ginásticas. Aqui e ali certos espíritos infatigáveis, vestidos completamente de vermelho como os diabos e saltando furiosamente com tochas, supostamente o aterrorizariam. Compartilhavam, porém, a alegria universal e não me transmitiam nenhum temor da meia-noite, como pretexto para observar a Quaresma, o *carnevale dei preti*,[45] como li na *Capitale*, essa folha profanamente radical. Disso também tive vislumbres. Tendo ido há pouco a Santa Francesca Romana, essa singular igreja perto do Templo da Paz, encontrei uma festa para os olhos – uma baça luz de tonalidade avermelhada através de janelas com cortinas, uma grande grinalda de círios em torno do altar, um protuberante cinturão de lâmpadas diante do relicário embaixo e uma dúzia de dominicanos vestidos de branco espalhados sobre o pavimento na mais feliz das composições. Era melhor do que os *moccoletti*.

1873

---

[44] Em italiano no original, "velas pequenas". (N.T.)

[45] Em italiano no original, "carnaval dos padres". (N.T.)

De uma caderneta romana

28 de dezembro de 1872. – Em Roma novamente para os últimos três dias – essa segunda visita que somos destinados a fazer, se a primeira não for seguida por uma doença fatal em Florença. Da outra vez, não bebi da Fontana di Trevi na véspera da partida, mas sinto como se tivesse bebido do próprio Tibre. Todavia, enquanto deixava a estação à noite, perguntava-me o que pensaria dela nesse primeiro vislumbre se já não a conhecesse. Talvez tudo de mal. Paris, enquanto eu passava pelos Boulevards três noites antes de tomar o trem, era fervilhante e resplandecente como convém a uma grande capital. Aqui, nas ruas escuras, estreitas, tortuosas, vazias, nada vi que eu consideraria de bom grado como sendo eterno. Todavia, havia novas lâmpadas a gás em torno do Tritão que jorra na Piazza Barberini e uma banca de jornais na esquina de Condotti e Corso – sinais evidentes do estado emancipado. Uma hora depois subi até a Via Gregoriana pela Piazza di Spagna. Era tudo silencioso e deserto, e a grande escadaria parecia surpreendentemente pequena. Tudo parecia reduzido, sombrio, provinciano. Roma *seria* afinal realmente uma cidade do mundo? Esse estranho e velho portão rococó de jardim no alto da Gregoriana despertou uma lembrança adormecida, que acordou como uma consciência da deliciosa brandura do ar, e logo, em uma pequena sala de visitas vermelha, reconciliei-me e reiniciei-me... Tudo é caro (no que se refere a hospedagem), mas pouco importa, na medida em que tudo está assumido e outrem paga. Devo decidir-me por um pouso simples. Mas aqui parece miseravelmente perverso aspirar a um "interior" ou estar consciente do lado econômico da vida. A estética é tão intensa que você sente que deveria viver na fruição dela, deveria extrair a essência nutriente da atmosfera. Efetivamente é *tal* atmosfera! O clima é perfeito, o céu tão azul quanto a mais exagerada tradição o alardeia, todo o ar incandesce e pulsa com adorável cor... O brilho de Paris é agora todo de luz a gás. E, oh, as monótonas milhas de asfalto lavado pela chuva!

30 de dezembro. – Eu não tivera nada a ver com as "cerimônias". De fato, acho que não houve mesmo nenhuma – não houve missa de meia-noite na capela Sistina, trombetas de prata em São Pedro. Tudo é cortado ou restringido sem remorso – o Vaticano no mais profundo luto. Mas o vi em seu mais esplêndido escarlate em 1869... Ontem fui com L aos jardins Colonna – aventura que me teria reconvertido a Roma se a coisa já não tivesse ocorrido. É um antigo e raro lugar – ergue-se em terraços mofados e cobertos de arvoredo, escadarias com musgo e caminhos intrincados a partir da parte de trás do palácio no alto do Quirinal. É o estilo grandioso de jardinagem, e se parece com a atual maneira natural do mesmo modo como um capítulo da retórica johnsoniana parece um exemplo do inteligente jornalismo contemporâneo. Mas é um melhor estilo de horticultura do que de literatura; prefiro uma das extensas vistas azul-esverdeadas de Colonna, tendo no final uma deusa de jardim mutilada e coberta de musgo, à melhor citação possível de um clássico do último século. Talvez a melhor coisa ali seja a antiga estufa com suas árvores em fantásticos vasos de terracota. A luz do final da tarde dourava as monstruosas jarras e suspendia xadrezes dourados entre as folhas com dourado de frutas. Ou talvez a melhor coisa seja o amplo terraço com sua balaustrada coberta de musgo e seus bancos; também sua vista da grande e nua Torre di Nerone (penso eu), que poderia parecer estúpida se os tijolos róseos não assumissem essa cor no ar azul. Um grande prazer, de qualquer modo, passear e conversar ali ao sol da tarde.

2 de janeiro de 1873. – Dois ou três passeios com A. – um a São Paulo fora dos Muros, passando na volta por algumas antigas igrejas no Aventino. Havia pouco eu ficara impressionado com a rara distinção do pequeno cemitério protestante na Porta, que se estende sob a sombra da negra Pirâmide sepulcral e dos negros e densos ciprestes. Banhado pela clara luz romana, o lugar é dilacerador por aquilo que ele pede a você – em um mundo como *este* –, que renuncie. Se ele devesse "fazer alguém apaixonado pela morte deitar ali", isso só ocorreria se a morte fosse consciente. Nessas circunstâncias, o peso de um tremendo passado se impõe ao gramado florido, e a mortalidade de quem está adormecido sente o contato de toda a mortalidade de que o brilhante ar está manchado... A Basílica restaurada é inacreditavelmente esplêndida. Parece um último e faustoso esforço do catolicismo formal, e há poucos outros emblemas dignos de nota da Roma recente – a Roma fadada a ver Vítor Emanuel no Quirinal, a Roma dos concílios malogrados e dos anátemas ignorados. Ergue-se ali, bela e inútil, em seu local miasmático, com um ar de desafio consciente – um anúncio ornamental da superabundância da fé. Em seu interior é magnífica, e sua magnificência não tem pontos em más condições – coisa rara em Roma. Mármore e mosaico, alabastro e malaquita, lápis-lazúli e pórfiro incrustam-na do piso à cornija e refletem entre eles suas luzes polidas com tal esplendor de efeito, que você parece estar no centro de algum imenso cristal prismático. É preciso ir à Itália para conhecer os mármores e gostar deles. Lembro-me do fascínio da primeira grande mostra deles que encontrei em Veneza – nos Scalzi e nos Gesuiti. A cor não tem, sob nenhuma outra forma, uma pureza e um brilho tão frescos e imperecíveis. Suavidade de tom e dureza de substância – não será essa a essência do desejo artístico? G., com sua bela, acariciadora e aberta fala romana, tão fácil de compreender e, aos meus ouvidos, tão belamente sugestiva do genuíno latim – não o nosso horrível tipo anglo-saxão e protestante –, insistia conosco sobre os encantos de retornar pelo Aventino e ver umas antigas igrejas. A melhor é Santa Sabina, uma belíssima e antiga construção do século V, que se deteriora em sua sombria solidão e consome sua própria antiguidade. Que sólida herança o cristianismo e o catolicismo estão abandonando ali! Que fato substancial, em toda sua deterioração, esse templo cristão comemorativo sobreviver a seus usos entre os jardins e vinhedos ensolarados! Tem uma nobre nave, preenchida por um cheiro rançoso que (como o de cebola) provocou lágrimas em meus olhos, e margeada por vinte e quatro colunas de mármore estriadas, de origem pagã. Os pequenos mosaicos cruamente primitivos ao longo do entablamento são extremamente curiosos. Um frade dominicano ainda jovem que nos mostrava a igreja parecia uma criatura gerada a partir de suas sombras e seus cheiros bolorentos. Seu aspecto era maravilhosamente o *de l'emploi*[46], e sua voz, muito agradável, tinha a mais estranha e exaurida humildade. Seu lúgubre cumprimento e sua santarrona apropriação impessoal do dinheiro com que me despedi teriam sido um toque de mestre no palco. Enquanto ainda estávamos na igreja, um sino tocou, indicando que ele tinha de ir e atender, e quando voltou e se aproximou de nós, ao longo da nave, criou com seu hábito e seu capuz brancos e seu rosto cadavérico, contra o fundo escuro da igreja, um desses quadros que, graças às Musas, ainda não foram reformados fora da Itália. Era a exata ilustração, para inserção em um texto, de não sabe quantos antigos italianismos literários românticos e convencionais – peças, poemas, mistérios de Udolfo. Voltamos para a carruagem, e conversamos sobre coisas profanas, e retornamos a casa para jantar – seguindo despreocupadamente, parecia-me, do luxo estético para o social.

No dia 31 fomos às vésperas musicais na igreja Del Gesù – até então realizadas esplendidamente diante do Papa e dos cardeais. Era eloquente a mudança – sem Papa, sem cardeais e com uma música nada especial, mas com uma grande *mise-en-scène*. A igreja é bela; Renascença tardia, de grandes proporções, e cheia, como muitas outras, mas em um grau elevado, de romanismos dos séculos XVII e XVIII. Não impressiona a imaginação, mas alimenta ricamente a curiosidade, pelo que quero me referir à noção que uma pessoa tem do curioso; não sugere lendas, mas inumeráveis histórias à maneira de Stendhal. Há uma vasta abóbada, preenchida por um afresco côncavo amaneirado, com anjos aos saltos escorçados, e por todos os forros e cornijas uma maravilhosa quantidade de douramentos e ornamentos sombrios. Há vários santos e serafins de Bernini em esculturas de estuque, a cavaleiro das placas e das vergas das portas, apoiados em sua enferrujada maquinaria de *nimbi*[47] acobreados e pequenas nuvens ovais. Mármore, damasco e círios em bela profusão. O altar principal, uma grande tela de candelabros tremeluzentes. O coro, encarapitado em uma pequena galeria elevada no transepto direito, como um balcão lateral na ópera, e se entregando a surpreendentes

---

[46] Em francês no original, "correspondente à função". (N.T.)

[47] Em italiano no original, "nimbos", "halos", "auréolas". (N.T.)

trilos e floreios... Perto de mim sentou-se uma vistosa e opulenta freira – possivelmente uma abadessa ou prioresa de nobre linhagem. Pode uma santa mulher de tal aparência ouvir um excelente barítono de ópera em um templo suntuoso e receber nada além de impressões ascéticas? Que fogo cruzado de influências o catolicismo proporciona!

4 de janeiro. – Um passeio de carro com A. saindo pela Porta San Giovanni e ao longo da Via Appia Nuova. Mais e mais belo à medida que você se afasta dos muros e a grande vista se descortina diante de você – ondulantes vales e planícies da Campagna de um verde amarronzado, a arcada longa e desmembrada dos aquedutos, o azul de sombras profundas das montanhas de Alban, com toques de luzes pálidas das pequenas cidades espalhadas. Paramos na arruinada basílica de San Stefano, obra do século V, desprovida de significado caso não se tenha um acompanhante instruído. Mas as perfeitas e pequenas câmaras sepulcrais dos Pancratii, desenterradas sob a igreja, contam sua própria história – nos afrescos muito escurecidos, no esquife belamente esculpido e nas grandes pedras sepulcrais. Melhor ainda, o adjacente túmulo dos Valerii – uma única câmara com um teto em abóbada, coberto com ornamentos de estuque perfeitamente intactos, belas figuras e arabescos tão nítidos e delicados como se o andaime do estucador acabasse de ter sido retirado de sob eles. Muito estranho pensar nessas coisas – por muitas que sejam – sobrevivendo a seu imemorial eclipse com essa perfeita forma e emergindo do mar do tempo como mergulhadores há muito perdidos.

16 de janeiro. – Um delicioso passeio a pé no último domingo com F. até o Monte Mario. Fomos de carro para a Porta Angélica, o pequeno portão escondido atrás da ala direita da colunata de Bernini, e subimos a partir daí pela tortuosa via até a Villa Mellini, onde um dos camponeses sujos e amontoados sob o sol junto ao muro permite sua entrada, mediante meio franco, no mais belo e antigo caminho de azinheiras da Itália. Sobre ele há uma abóboda constituída por uma sombra verde-acinzentada, com trechos da Campagna azul nos interstícios. O dia estava perfeito; a tranquila luz do sol, enquanto sentávamos na base retorcida das antigas árvores, parecia ter o modorrento sussurro de meados do verão – com esse encanto da vegetação italiana que nos chega como uma confissão de ter servido cenicamente, até o esgotamento, para alguma pastoral há muito séculos clássica. Em uma certa pobreza e magreza de substância

– em comparação com a corpulência inglesa, que nunca deixam ficar sedenta –, ela me lembra a nossa própria, e é relativamente seca e pálida o suficiente para explicar o desprezo de muitos britânicos sem imaginação. Mas ela tem uma abundância e um desregramento inúteis, uma penúria e um desgrenhamento românticos. Na Villa Mellini encontra-se o famoso pinheiro solitário que "conta" tanto na paisagem a partir de outros pontos, e que foi salvo do machado por (penso eu) Sir George Beaumont, sendo celebrado nesse contexto no grande soneto de Wordsworth. Este pelo menos não era um britânico sem imaginação. Quando se está sob o pinheiro, seu distante e raso cimo, sustentado por uma única coluna quase suficientemente branca para ser mármore, parece habitar nas mais vertiginosas profundezas do azul. Seus galhos azul-acinzentados e seu tronco prateado formam uma maravilhosa harmonia com o ar ambiente. A Villa Mellini está cheia da antiga Itália de nossa imaginação – a Itália de Boccaccio e Ariosto. Há vinte lugares onde os contadores de história florentinos poderiam ter-se sentado em círculo na grama. Fora dos muros da Villa, sob os densos galhos das laranjeiras, vagava também a velha Itália – mas não na boa situação de Boccaccio: uma fileira de maltrapilhos e lívidos *contadini*, alguns simplesmente estúpidos em sua esqualidez, mas alguns rematados salteadores de romance, ou da realidade, com cabelos emaranhados e olhos terrivelmente soturnos.

Uns dias depois fui, por causa de uma velha amizade, até San Onofrio no Janículo. A chegada é uma das piores aventuras em Roma, e embora a vista do pequeno terraço seja bela, a igreja e o convento são de um modelo pobre e sem interesse. Todavia aqui – quase como pérolas num chiqueiro – estão escondidas lembranças de dois dos mais refinados espíritos italianos. Torquato Tasso passou os últimos meses de sua vida aqui, e você pode visitar seu quarto e várias relíquias deformadas e desbotadas. O mais interessante é um molde de seu rosto feito após sua morte – parecendo, como é o caso desse tipo de molde, quase mais do que mortalmente valoroso e distinto. Mas quem pareceria idealmente assim a não ser ele? Em um pequeno corredor adjacente, pobre e frio, encontra-se um afresco de Leonardo, uma Virgem e o Menino com o *donatore*[48]. É bem pequeno, simples e desbotado, mas

---

[48] Em italiano no original, "doador". (N.T.)

tem toda a magia do artista, esse refinamento zombeteiro e ilusório e a sugestão de uma vaga *arrière-pensée*[49] que marca cada pincelada do pincel de Leonardo. É a perfeição da ironia ou a perfeição da ternura? O que ele quer dizer, o que ele afirma, o que ele nega? A magia não seria magia, nem o autor de tais coisas estaria tão absolutamente sozinho, se tivéssemos à mão uma explicação. Enquanto meu olhar passava rapidamente do quadro para o pequeno irmão de rosto vermelho a meu lado, pobre e simplório, perguntava-me se a coisa não poderia passar por um elegante epigrama sobre o monasticismo. De qualquer forma, há seguramente mais intelecto no quadro do que sob todas as tonsuras de monge que ele viu ir e vir nesses trezentos anos.

21 de janeiro. – Nos últimos três ou quatro dias, passei regularmente algumas horas do dia assando-me sob o sol do Pincio para me livrar de um resfriado. O tempo perfeito e a multidão (especialmente hoje) surpreendente. Uma multidão que fica olhando, que deixa o tempo passar, que se dandifica, que é afável! O que faz em Roma quem é trivialmente caseiro? Todas as pessoas de importância e metade dos estrangeiros estão ali em suas carruagens; a *bourgeoisie*, a pé, olha para eles; e os mendigos cercam todas as chegadas. A grande diferença entre lugares públicos na América e na Europa está no número de pessoas desocupadas de todas as idades e condições sentadas o tempo todo nos bancos e olhando para você, do seu chapéu a suas botas, quando você passa. A Europa é certamente o continente da prática do olhar. As mulheres no Pincio têm de passar por um corredor polonês, mas parecem fazê-lo com bastante complacência. A mulher europeia é criada com a noção de ter um papel definido no andamento das maneiras ou da maneira de estar em público. Uma de suas obrigações cotidianas consiste em reclinar-se sozinha numa caleche, equilibrando um guarda-sol e parecendo ignorar o olhar extremamente imediato de duas cerradas fileiras de seres masculinos de cada lado de seu trajeto, a não ser para, aqui e ali, reconhecer um deles com um imperceptível aceno de cabeça. É enorme aqui o número de rapazes que, como os cenobitas antigos, levam uma vida puramente contemplativa. Reúnem-se, sobretudo no

---

[49] Em francês no original, "pensamento", "intenção que é dissimulada"; "reticência", "reserva". (N.T.)

Pincio, mas o Corso todo o dia é invadido por eles. São bem-vestidos, bem-humorados, com boa aparência, educados, mas parece que nunca fazem trabalho mais duro do que passear da Piazza Colonna até o Hôtel de Rome ou *vice versa*. Alguns deles nem mesmo andam, mas ficam encostados horas a fio nas portas, com os cabos de suas bengalas na boca, passando a mão nos cabelos da nuca e arrumando os punhos da camisa. Em meu café, pela manhã, alguns passam já (às nove horas) com luvas claras, de "noite". Mas não pedem nada, viram-se de repente, olham-se rapidamente nos espelhos e saem. Quando chove, arrebanham-se sob as *portes cochères*[50] e nos cafés menores... Ontem o pequeno *primogenito* do príncipe Humberto estava no Pincio, com a governanta, em um landau aberto. É um homenzinho louro e robusto, à imagem do rei. Tinham parado para ouvir a música, e a multidão estava posta perto das rodas da carruagem, olhando e criticando sob o pequeno e arrebitado nariz rosa da criança. Parecia clara curiosidade cínica, sem a mais leve manifestação de "lealdade", e me deu uma singular sensação da vulgarização de Roma sob o novo regime. Quando o papa saía, era um espetáculo solene; mesmo que nem se ajoelhasse nem se descobrisse, você ficava irresistivelmente tocado. O papa, porém, nunca parava para ouvir trechos de ópera e não tinha papazinhos, sob o cuidado de babás superiores, com os quais você pudesse tomar liberdades. A família no Quirinal fez algo meritório, penso eu, com seu modo de vida modesto e pouco dispendioso. O mérito é grande; todavia, em termos de representação, que mudança para o pior de uma ordem que proclamava a imponência como parte de sua essência! A divindade que cerca um rei[51] deve ser bela também no declínio. Mas de quantas mais belas e antigas tradições o viajante extremamente sentimental sentirá falta nos italianos sobre os quais esse pequeno príncipe apertado em seu landau virá a exercer seu reinado?... O Pincio continua a encantar; é um grande recurso. Sempre sou levado a lembrar o "luxo estético", como a ele me referi acima, de viver em Roma. Poder escolher para flanar numa tarde (falando respeitosamente) entre São Pedro e o local elevado a que se chega pela

---

[50] Em francês no original, "porta com tamanho suficiente para a entrada de um veículo no pátio de um prédio". (N.T.)

[51] "The divinity that doth hedge a king" é uma construção que se encontra em *Hamlet*. (N.T.)

porta logo após a Villa Medici – sem contar nada mais – é uma prova de que, se em Roma você pode sofrer de tédio, pelo menos seu tédio tem uma alma que palpita. Que você nem sempre escolhe São Pedro já é dizer alguma coisa do Pincio. Às vezes perco a paciência com seu desfile de eterno ócio, mas em outros momentos esse ócio é um bálsamo para a nossa consciência. A vida apenas nesses termos parece tão fácil, tão monotonamente suave, que você sente que seria insensato, seria realmente inseguro, mudar. O ar romano está carregado de um elixir, a taça romana temperada com uma gota insidiosa, cuja ação, embora de modo não menos agradável, é fatalmente "ameaçadora".

26 de janeiro. – Com S. até a Villa Medici – talvez no conjunto o lugar mais encantador de Roma. A parte do jardim chamada Boschetto tem um encanto inacreditável e impossível; um terraço elevado, por trás de portões fechados, coberto por uma pequena e sombria floresta de carvalhos perenes. Essa luz baça como se se tratasse de um lugar fabuloso, assombrado, essa dispersão de suaves tons de verde acinzentado, esse conjunto de troncos em miniatura nodosos e retorcidos – anões brincando uns com os outros de serem gigantes – e essa chuva de centelhas douradas que vêm flutuando do vívido poente! No final do bosque há uma colina íngreme e circular, pela qual as pequenas árvores grimpam com força, com uma longa e musgosa escadaria que vai até um belvedere. Essa escadaria, encantadoramente fantástica, sobe subitamente a partir da penumbra das folhas para um ponto que não se enxerga. Você espera ver uma velha de saia vermelha e com um fuso chegar mancando, transformar-se numa fada e lhe propor três desejos. Eu pediria, como meu primeiro desejo, que não se precisasse ser francês para vir e viver e sonhar e trabalhar na Académie de France. Pode haver, por um momento, destino mais feliz para um jovem artista consciente de seu talento, transplantando para essas sombras sagradas, e sem incumbência, do que o de o instruir, polir e aperfeiçoar? Imaginamos a Academia de Platão – sua colunas cintilantes, seus jardins floridos e seu céu ateniense, mas seria ela tão boa quanto essa, onde Monsieur Hébert faz o papel de platônico? A bênção em Roma não é que este ou aquele ou outro objeto isolado seja tão insuperável, mas que a atmosfera geral contribua para o interesse, para impressões que não são como outras impressões de qualquer parte do mundo. E dessa atmosfera geral a Villa Medici destilou uma essência própria – cercou-a de muros e a fez deliciosamente particular. A grande fachada que dá para os jardins é como um enorme mostrador rococó inteiramente incrustado de imagens e arabescos e pastilhas. Que manhãs e tardes se pode passar ali, pincel na mão, sem preocupações, sem aflições, recebendo uma bolsa, satisfeito – ou se persuadindo de que em consequência estaria "fazendo algo", ou sem se preocupar se não estivesse.

Numa data posterior – meados de março. – Um passeio a cavalo com S. W. saindo pela Porta Pia, até as campinas além da Ponte Nomentana – perto do lugar da *villa* do Faonte onde Nero escondido se apunhalou. Tudo falava como só aqui as coisas falam, com mais sugestões do que o que se pode *agora* realmente saber ou dizer. Pois estas são lembranças predestinadas e a matéria de que os pesares são feitos; a suave e divina floração da primavera, a maravilhosa paisagem, a conversa suspensa por outro galope... Na volta, apeamos no portão da Villa Medici e andamos, pelo crepúsculo das aleias vagamente perfumadas, povoadas por pássaros, até o estúdio de H., escondido no bosque como um chalé em uma floresta encantada. Passei ali uma agradável meia hora, na luz que se esvaía, olhando os quadros, enquanto minha companheira discorria sobre seu propósito. O estúdio é pequeno e parece mais um pequeno salão; a pintura refinada, imaginativa, um tanto mórbida, plena de consumada habilidade francesa. Um retrato, idealizado e sublimado, mas com semelhança, de Mme. de ---- (do Salão do ano passado), de cetim branco, muitas rendas, um pequeno diadema, diamantes e pérolas; uma impressionante combinação de brilhantes tonalidades de prata. Uma *Femme Sauvage* [mulher selvagem], uma jovem sombria e nua em um bosque, com um par maravilhosamente inteligente de olhos tímidos e apaixonados. O autor é bastante diferente de quaisquer dos numerosos artistas americanos. Eles podem ser produtores, mas ele é um produto também – um produto de influências de um tipo em relação às quais não temos ainda um controle geral. Uma delas é seu encantado espaço de vida nesse pequeno estúdio de aparência não profissional, com, de um lado, o bosque encantado e, de outro, o muro de Roma em descida.

30 de janeiro. – Um passeio de carro outro dia, com um amigo, até Villa Madama, na encosta do Monte Mario; um lugar como uma página saída das mais ricas evocações de Browning sobre essa região e essa civilização. Admirável em sua assombrada melancolia, poderia ter inspirado, de uma só vez, metade de *The Ring and the Book*. Que severo comentário sobre a história, tal cenário – que ironia do passado! O caminho até lá, passando pelo muro externo, é quase intransponível pela lama e pelas pedras. No final, em uma plataforma, ergue-se o Cassino, outrora elegante, sem nenhuma vidraça sequer em sua fachada, reduzido ao estuque amarelado e aos ornamentos degradados. A fachada que dá para o lado oposto a Roma tem no piso inferior uma grande *loggia*, com uma parede que a protege do tempo, precedida por uma plataforma suja e gramada, com uma imensa vista geral da Campagna; de aspecto triste, mais que triste, de aspecto infeliz, o Tibre, abaixo (de cor dourada, dizem os sentimentais, cor de mostarda, os realistas); adiante, uma grande extensão vazia, de várias aparências e usos; e no horizonte as montanhas sempre iridescentes. O lugar tornou-se uma casa de fazenda em mau estado, com água barrenta nas antigas *pièces d'eau*[52] e monturos nos antigos canteiros. O "essencial" é o conteúdo da *loggia*: um teto abobadado e paredes ornamentadas por Giulio Romano; belo trabalho de estuque e afrescos ainda vívidos; arabescos e *figurini*, ninfas e faunos, animais e flores – desenhos graciosamente profusos de todo tipo. Grande parte da cor – especialmente dos azuis – ainda quase vívida, e todo o trabalho maravilhosamente habilidoso, elegante e encantador. Cômodos assim decorados só podem ter-se destinado ao lazer de pessoas mais importantes do que quaisquer que conheçamos, pessoas para quem a vida era impudente bem-estar e sucesso. Margherita Farnese era a dona da casa, mas onde ela arrastava seu traje dourado, agora as galinhas correm entre nossas pernas sobre a palha quebradiça. É tudo inexprimivelmente melancólico. Um camponês simplório coçando a cabeça, uns americanos críticos tendo cuidado com os passos, as paredes despedaçadas e sujas até a altura do peito, umidade e deterioração que tocam o coração, e a cena é encimada por esses afrescos celestes, desfazendo-se em sua delicada arte! É pungente; provoca lágrimas; fala-nos muito do esforço perdido. Algo humano parece palpitar sob a mortalha cinza do tempo e implorar a você que o

---

[52] Em francês no original, "tanque" ou "pequeno lago num jardim". (N.T.)

resgate, que se compadeça dele, que o defenda de algum modo. Mas, sem compunção, quase com prazer, você o abandona à sua lenta morte, pois o lugar parece vagamente frequentado pelo crime – e pagar pelo menos a pena de alguma pesada imoralidade. O fim de uma casa de lazer da Renascença. A moral, eterna para o observador didático; a história, abismal para o apreciador de narrativas.

12 de fevereiro. – Ontem, até a Villa Albani. Excessivamente formal e (como diz minha companheira) parecida demais com uma casa de chá num jardim público, mas com belas escadas e esplêndidas linhas geométricas de uma imensa sebe de buxos, cortadas por altos pedestais que sustentam pequenos bustos antigos. A luz hoje magnífica; as colinas albanas de um púrpura desmaiado mais intenso do que até então eu as vira – suas aldeias brancas a florescer como vagas luzes projetadas. Era como um exemplo de pintura muito moderna, e um bom exemplo de como a Natureza tem às vezes um tipo de maneirismo que deveria fazer com que tivéssemos cuidado quando condenamos terminantemente os mais refinados e apreciados artistas. A coleção de mármores do Cassino (de Winckelmann), admirável, e para ser vista novamente. O famoso Antinous coroado com lótus, uma coisa estranhamente bela e comovente. A "maneira grega", na exibição de algo ocasionalmente encontrado aqui, leva a sentir que, mesmo por efeitos puramente românticos e imaginativos, ela ultrapassa qualquer outra desde então inventada. Se não há imaginação, mesmo segundo nossa noção comparativamente moderna da palavra, na fatal beleza desse perfeito perfil de jovem, então não há nenhuma em *Hamlet* ou em *Lícidas*. Há quinhentas vezes mais do que na *Transfiguração*. Isso para de qualquer modo indicar que não é próprio da escultura não produzir qualquer emoção produtível pela pintura. Há grande número de pequenos e delicados fragmentos de baixos-relevos de refinado encanto, e uma enorme peça (dois combatentes – um, a cavalo, abatendo o outro – o assassínio tornado eterno e belo) oriunda do Partenon e certamente tão grandiosamente emocionante quanto qualquer coisa entre os mármores de Elgin. S. W. sugeriu mais uma vez as *villas* romanas como "tema". Excelente se se pudesse encontrar um festim de fatos à maneira de Stendhal. Um conjunto de vagas descrições e histórias enlevadas de modo algum recompensaria. Já há demais. Fatos suficientes estão registrados, suponho; a pessoa deveria descobri-los e se embeber deles por um ano. E no entanto uma Villa romana, a despeito de estátuas, ideias e atmosfera, afeta-me com uma *portée*[53] humana e social mais limitada, uma reverberação menor, mais escassa, do que uma antiga casa de campo inglesa, em torno da qual a experiência parece acumulada tão densamente. Mas isso talvez seja buscar pelo em ovo ou preconceito "racial".

9 de março – O Vaticano ainda está muito frio; algumas horas lá, ontem, com R. W. E. No entanto, ele, ilustre e invejável homem, recém-chegado do Oriente, não usava sobretudo e não queria usar. Perfeita felicidade, penso eu, seria viver em Roma sem pensar em sobretudos. O Vaticano parece muito familiar, mas estranhamente menor que no passado. Nunca me confundi diante de uma vastidão perturbadora. *Sancta simplicitas!*[54] Todos os meus antigos amigos, porém, permanecem ali em esplendor intacto, mantendo a maioria deles seus antigos votos. Talvez agora eu esteja mais impressionado com a enorme quantidade de enxertos – o número de coisas de terceira, quarta categoria que cansam o olho desejoso de se aproximar limpidamente das vinte ou trinta melhores coisas. A despeito do enxerto, há dúzias de tesouros, pelos quais se passa com pesar, mas a impressão de todo o lugar é o que conta – a sensação de que através desses cenários solenes corre a fonte de uma incalculável parte de nossa atual concepção da Beleza.

10 de abril. – Na noite passada, sob a chuva, indo para o Teatro Valle, a fim de ver uma comédia de Goldoni em dialeto vêneto – *I Quattro Rustighi*[55]. Eu só conseguia acompanhá-la pela metade; o suficiente, no entanto, para estar certo de que, apesar de toda sua humanidade de ironia, não era tão boa quanto Molière. A atuação era excelente – direta, livre e natural; a peça, de fala mais fácil até mesmo do que a própria vida, mas, como todo teatro italiano que vi, era carente de *finesse*, essa sombra da sombra pela qual, e pela qual apenas, se conhece realmente a arte. Comparei o caso com a noite em dezembro passado em que caminhei (também na chuva) para o Odéon e vi *Les Plaideurs* [Os litigantes] e *Le Malade Imaginaire* [O

---

[53] Em francês no original, "alcance", "disposição", "valor". (N.T.)

[54] Em latim no original, "santa simplicidade". (N.T.)

[55] A peça de Goldoni intitula-se, na verdade, *I Rusteghi* (Os rústicos).

doente imaginário]. Ali também havia pouco mais que um punhado de espectadores, mas que comédia rica, madura, plenamente teatral e acima de tudo intelectual, e que encenação preparada e instruída! Esses venezianos em particular, porém, têm um maravilhoso *entrain*[56] próprio; parecem recitar até mesmo menos que os franceses. Entre as mulheres – feias, com mãos vermelhas e trajes em mau estado – um extraordinário dom de expressão natural, de parecer inventar alegremente enquanto seguem em frente.

Mais tarde. – Na noite passada, no camarote de H. no Apollo para ouvir Ernesto Rossi no *Othello*. Ele compartilha com Salvini a supremacia na tragédia italiana. Belo e grande teatro com camarotes em que você pode andar; plateia luminosa. A Princesa Margarita estava presente – nunca estive no teatro sem que ela estivesse –, e várias outras princesas nos camarotes vizinhos. G. G. veio até nós e nos informou que eram M., L, P., etc. Rossi é ao mesmo tempo muito ruim e muito bom; ruim onde se exija algo como gosto e discrição, mas "à altura", e mais do que isso, na paixão violenta. O último ato reduzido demais, porém, a mera sensibilidade exibicionista. O interessante para mim era observar a concepção italiana do papel – ver como era crua, como expressava pouco o lado moral do herói, sua profundidade, sua dignidade –, nada mais do que o fato de ser uma criatura terrível em meros acessos de raiva. O grande momento era quando pegava a cabeça de Iago e a batia uma meia dúzia de vezes no chão, e depois o jogava a umas vinte jardas de distância. Era maravilhosamente feito, mas ao fazê-lo e no evidente comprazimento da plateia com a coisa havia não sei que força de facilidade e assim sobretudo uma expressão barata.

27 de abril. – Uma manhã com L. B. na Villa Ludovisi, que concordamos não esqueceríamos logo. A Villa hoje pertence ao Rei, que alojou ali sua esposa morganática. Não há nada tão bem-aventuradamente *exato* em Roma, nada mais consumadamente consagrado ao estilo. Os terrenos e jardins são imensos, e a grande muralha vermelho-ferrugem da cidade estende-se ao longe atrás deles e faz a massa das sete colinas parecer vasta sem *os* fazer parecer pequenos.

---

[56] Em francês no original, "animação", "ardor". (N.T.)

Há de tudo – alamedas sombrias, podadas pelos séculos, bosques, e vales, e clareiras, e incandescentes pastagens, e nascentes cheias de juncos, e grandes prados floridos com enormes pinheiros espalhados. O dia estava delicioso, as árvores eram uma verdadeira melodia, todo o lugar era uma revelação do que a Itália e a pompa hereditária podem fazer juntos. Nada podia estar mais dentro da grande maneira do que, a partir do jardim, essa vista das proteções da cidade, erguendo suas fantásticas muralhas acima das árvores e das flores. São todas atapetadas com vinhas e feitas para servir como paredes ensolaradas de frutas – horrível e antiga defesa como outrora foram, agora proporcionam apenas uma esplêndida privacidade fortificada. As esculturas no pequeno Cassino são poucas, mas há duas importantes – o belo Marte sentado e a cabeça da grande Juno, esta última enfiada num canto atrás de um postigo. É quase impossível elogiar essas coisas; podemos apenas assinalá-las bem e mantê-las isoladas, como insistimos no silêncio para ouvir a grande música... Se não elogio a *Aurora* de Guercino no Cassino maior, é por outra razão; esta é certamente uma obra-prima muito apagada. Figura no forro de uma sala baixa e pequena; a pintura é inferior, e o forro, muito próximo. Além disso, não é justo passar direto da mitologia grega para a bolonhesa. Deixaram-nos vagar à vontade pela casa; o vigia fechou-nos dentro e saiu para andar no parque. Os apartamentos estavam todos abertos, e tive oportunidade de reconstruir, a partir de seu *milieu* pelo menos, a condição de uma rainha morganática. Não vi nada que indicasse não se tratar de algo cordial, mas eu teria pensado mais positivamente sobre o discernimento da senhora se ela tivesse feito com que a Juno fosse retirada de detrás de seu postigo. Numa casa como essa, cercada por um parque como esse, parece-me que eu poderia ser cordial – e talvez dotado de discernimento. O Cassino Ludovisi é pequeno, mas a perfeição da vida de conforto poderia perfeitamente ser vivida ali. Há casas inglesas suficientes em parques surpreendentes, mas elas o expõem a muitas pequenas necessidades e observâncias – para não falar de um mordomo de rosto vermelho soltando seus *h* aspirados. Você é oprimido pelo detalhe da acomodação. Aqui a mesa de bilhar é antiquada, talvez um pouquinho arqueada, mas você tem Guercino acima de sua cabeça, e Guercino, afinal, é quase tão bom quando Guido. Os cômodos, observei, todos agradavam por seu tamanho, por uma excelente proporção, por uma quantidade de delicada ornamentação nos forros altos e côncavos. Seria possível viver de novo neles alguma vida deliciosamente obscura de um tipo esquecido – com graciosas e antigas *sale*[57], e paredes imensamente espessas, e uma escadaria de pedra em espiral, e uma vista a partir da *loggia* no alto, uma vista de pinheiros-guarda-sóis retorcidos e equilibrados, bem no alto de um horizonte recoberto de árvores, contra um céu de safira desmaiada.

17 de maio. – Ontem estava maravilhoso em São João de Latrão. A primavera agora se transformou num perfeito verão; há cascatas de verde em todos os muros; as primeiras flores são uma lembrança esmaecida, e a nova grama chega aos joelhos na Villa Borghese. O aspecto invernal da região em torno de Latrão é uma das melhores coisas de Roma; a luz do sol em parte alguma é tão dourada, e as magras sombras em parte alguma são tão púrpuras quando no longo trajeto gramado até Santa Croce. Mas ontem eu parecia nada ver a não ser o verde e o azul. A extensão diante de Santa Croce era um verde vívido; a Campagna encrespava-se ao longe em grandes ondas verdes, que pareciam quebrar no alto, perto dos desolados aquedutos; e as montanhas de Alban, que em janeiro e fevereiro, sempre cambiantes, misturavam toda a escala de azul, estavam quase monotonamente frescas, e tinham perdido um pouco de sua forma mais bela. Mas o céu estava azul-ultramarino, e tudo radiante com luz e calor – calor que uma suave e constante brisa preservava do excesso. Passeei algum tempo pela igreja, que tem um ar bastante grandioso, embora eu não compartilhe o ponto de vista de Miss ---, que me disse outro dia como a considerava muito mais bela do que São Pedro. Mas nos lábios de Miss --- isso parecia um belo paradoxo. O coro e os transeptos têm um esplendor sombrio, e gosto da antiga passagem abobadada com suas lajes e seus monumentos atrás do coro. O encanto dos encantos em São João de Latrão é o admirável claustro do século XII, que nunca esteve mais encantador do que ontem. Os arbustos e as flores em torno do antigo poço floresciam sob a intensa luz, e os pilares retorcidos

---

[57] Em italiano no original, "salas". (N.T.)

e os capitéis cinzelados da perfeita e pequena colunata pareciam cercá-los como a borda esculpida de um vaso precioso. Postando-se entre as flores, você pode olhar para cima e ver uma seção da parte superior da grande fachada da igreja. Os apóstolos, com suas vestes e mitras, descorados e lavados pelos anos, erguem-se no ar azul como imensas figuras de neve. Passei a seguir no museu anexo, uma hora de apaixonada e vaga atenção, tendo-o só para mim. Tem um acervo pequeno, mas as grandes e frias salas se abrem comoventemente uma depois da outra, e os espaços amplos entre as estátuas parecem sugerir de início que cada uma é uma obra-prima. Eu estava com o espírito apaixonado dos últimos dias de alguém em Roma, e quando nada mais tinha para admirar, eu admirava a magnífica espessura dos vãos das portas e janelas. Se não houvesse objetos de interesse em Latrão, o palácio valeria a pena do passeio ocasional, para sustentar a ideia que se tem de arquitetura sólida. Visitei a Scala Santa, onde só havia um padre maltrapilho sentado à porta como um recebedor de tíquete. Mas ele me deixou passar, e subi uma das escadas laterais profanas, para ter o prazer de dar uma olhada no Sanctum Sanctorum. Seu limiar é transposto só uma ou duas vezes por ano, acredito eu, por três ou quatro dos mais elevados sacerdotes, mas você pode olhá-lo livremente através de treliças douradas. É muito sombrio e esplêndido, e transmite a impressão de um lugar muito santo. E no entanto, de algum modo, sugeria pensamentos irreverentes; tinha para minha imaginação – talvez por causa das treliças – um aspecto oriental, maometano. Esperei ver a qualquer momento uma sultana aparecer, com véu prateado e calças de seda, e sentar-se no tapete vermelho.

Despedida, malas, a dor aguda da partida. Gostaríamos, depois de cinco meses de Roma, de poder sumariar, por tributo e homenagem, nossa experiência, nossos ganhos, toda a aventura de nossa sensibilidade. Mas realmente vibramos demais – o acréscimo de tantos itens não é fácil. O que é claro é a noção de que se adquiriu uma paixão pelo lugar e de que se recolheu um incalculável número de impressões. Muitas destas foram intensas e significativas, mas uma passou por cima da outra – há sempre o peixe maior que engole o menor –, e dificilmente se pode dizer o que aconteceu com elas. Elas próprias se guardam silenciosamente, suponho, em lugares obscuros mas seguros da memória do "gosto", e vivemos numa tranquila fé de que emergirão em vívido relevo se a vida ou a arte as solicitarem. Quanto à paixão, não precisamos talvez nos perturbar. Cinquenta goles da Fontana di Trevi, na concha da mão, não poderiam nos deixar mais ardorosamente seguros de que a qualquer custo voltaremos.

1873

Siena cedo e tarde

I

Estando Florença opressivamente quente e entregue aos mosquitos, a ocasião parecia favorecer essa visita a Siena que eu mais de uma vez havia planejado e não realizado. Cheguei tarde da noite, com a luz de uma magnífica lua, e, enquanto duas mulheres idosas e bondosamente resmunguentas preparavam minha cama no hotel, saí em busca de uma primeira impressão. Cinco minutos me levaram onde eu a teria desimpedida enquanto florescia sob o branco luar. A grande Piazza de Siena é famosa, e embora, nessa época de multiplicadas fotografias e embotadas surpresas e profanadas revelações, nenhuma das maravilhas do mundo possa pretender, como o fantasma de prazer de Wordsworth, realmente "assolar e assombrar", enquanto eu, vindo de uma escura arcada, me dirigia para a cena de abertura, estava ciente de nenhuma perda da agudez de uma preciosa sensibilidade apresentada. A cena de abertura, como a ela me referi, tinha a forma de uma ferradura rasa – como respeitosamente o leitor que não viajou, mas que olhou os álbuns de seus amigos viajados, se lembrará – ou, melhor, de um arco em que a fachada alta e larga do Palazzo Pubblico forma a corda, e todo o resto o arco. Estava vazia de qualquer presença humana que pudesse representar para mim o ano em curso; de modo que, com a ajuda do luar, tive uma meia hora de visão infinita da Itália medieval. Sendo a Piazza construída no lado de uma colina – ou melhor, como acredito que a ciência afirma, numa cratera vulcânica –, o vasto piso converge para baixo em inclinadas radiações de pedra, os raios de uma grande roda, em direção a um ponto exatamente diante do Palazzo, que pode marcar o eixo, embora não seja mais ornamental do que a boca de um bueiro. O grande monumento fica no lado inferior e poderia parecer, a despeito de sua considerável massa e sua cornija fortificada, desafiadoramente desconcertado pelas grandes construções privadas que ocupam a elevação oposta. *Poderia*, se não fosse a extraordinária dignidade do gesto arquitetônico com que a imensa e alta construção se afirma.

No firme ângulo do palácio, desde a base até o topo cinza contra o céu, ergue-se uma alta e esguia torre que se eleva e se eleva até que dê notícia da grandeza da cidade por sobre as montanhas azuis que definem o horizonte. Ela se ergue tão esbelta e reta como uma lança com flâmula plantada no calçado de aço de um cavaleiro montado, e mantém para si, no ar azul, muito acima das modas variáveis do mercado, a orgulhosa consciência ou a rara arrogância outrora incutidas nela. Essa bela torre, a coisa mais refinada de Siena e, em seu modo rígido, tão permanentemente bela, assim como um nariz realmente belo em um rosto de não importa que idade acumulada, figura ali ainda como uma Declaração de Independência ao lado da qual algo como a nossa, anunciada na Filadélfia, parece ter feito menos do que sem esperança haver dado vez ao tempo. Nossa Independência tornou-se uma dependência de mil coisas terríveis, enquanto a incorrupta declaração de Siena nos impressiona por olhar, para sempre, diretamente acima do nível delas. Prateada pelo luar, enquanto minha saudação se estendia, parecia falar – exatamente como faria, de alma para alma, de modo muito semelhante algum digno ancião de uma classe inferior, entretendo conversa com alguém, na ansiada oportunidade e na hora tranquila – de um estado de coisas há muito e de modo vulgar suplantado, mas do orgulho e do poder, da outrora prodigiosa vitalidade, seria possível esperar qualquer efeito para testemunhar mais incomparavelmente, mais indestrutivelmente, por assim dizer, mais imortalmente? As grandes casas que cercam o resto da Piazza assumiram a história e misturaram com ela seu estribilho. "Somos muito velhas e um pouco cansadas, mas fomos construídas fortes e elevadas, e duraremos por muito tempo. O presente é frio e negligente, mas nos preservamos pela reflexão sobre nosso estoque de memórias e tradições. Somos casas assombradas em cada madeira que estala e em cada pedra que dói." Essas foram as ligações de tagarelice que estabeleci com Siena antes de ir para a cama.

Desde essa noite, eu tivera, por uma semana, à luz do dia, um conhecimento da superfície do tema pelo menos, e não sei como posso apresentá-lo melhor do que simplesmente como uma outra e mais vívida página da lição de que o artista sempre faminto tem apenas de *confiar* na velha Itália para que ela o alimente a cada passo com sua própria mão – e se não com uma espécie de grão, suavemente envelhecido, proveniente desse extraordinário moinho da história que durante tantos anos moeu mais refinadamente do que qualquer outro na Terra, então por que não sempre com algo mais. Siena tem de qualquer modo "aparências preservadas" – manteve o maior número delas, isto é, manteve-as inalteradas para o olho – quase tão coerentemente quanto se pode imaginar. Outros lugares talvez possam oferecer-lhe um letárgico odor de antiguidade, mas poucos o exalam de uma área tão extensa. Concentrada dentro de seus muros, sobre uma dúzia de topos de colinas agrupados, ela lhe mostra a cada momento como outrora viveu de modo mais grandioso; e se grande parte da maneira grandiosa está extinta, o receptáculo das cinzas ainda se mantém solidamente. A pesada pressão geral de toda sua ênfase sobre o passado é o que ela constantemente mantém em nossos olhos e nossos ouvidos, e se você é apenas um observador e admirador casual, a resposta generalizada é sobretudo o que você lhe dá. O observador casual, por mais seduzido que seja, em geral não é muito instruído, não está especialmente preparado de antemão com dados; não tem noções especializadas, suas noções são necessariamente vagas, as cordas de sua imaginação, independentemente de toda sua boa vontade, são inevitavelmente abafadas e fracas. Mas, desse modo, a impressão que ele recebe e acolhe bem lhe serve, em compensação, na medida em que a vida da sensibilidade prossegue, e lhe lembra, de tempos em tempos, que mesmo a erudição de doutores alemães é apenas a sombra da curiosidade satisfeita. Eu vivia no hotel, andava pelas ruas, sentava-me na Piazza; esses são os termos simples de minha experiência. Mas as ruas e os hotéis na Itália são os veículos de metade do nosso conhecimento; se não temos imaginação para suas lições, podemos queimar nosso bloco de notas. Em Siena tudo é sienense. O hotel tem uma tabuleta inglesa na porta – uma placa um pouco desgastada com uma representação enferrujada do leão e do unicórnio –, mas avance esperançosamente pelo beco de pedra mofado que serve como vestíbulo e encontrará suficiente cor local. O proprietário, disseram-me, trabalhara em uma família inglesa, e eu estava curioso para ver como ele enfrentaria a provável alegação do anglo-saxão casual depois das primeiras doze horas que passara em seu estabelecimento. Como ele não aparecia, perguntei ao garçom se ele não estava em casa. "Oh", disse este, "ele é um *piccolo grasso vecchiotto* que não gosta de se mover." Receio que esse velhote gordo tem simplesmente uma má consciência. Não é peso pequeno para alguém que gosta dos italianos – e para quem não gosta, com essa restrição? – ver tanta indiferença até quanto a processos de limpeza rudimentares. Qual é a verdadeira filosofia dos hábitos sujos?, e as superfícies sujas são meramente superficiais? Se os modos sujos têm na verdade o significado moral que entrevejo neles, devemos gostar da Itália mais do que da coerência. Para isso muitos de nós estão preparados, mas, enquanto estamos fazendo o sacrifício, deveríamos ser alertados sobre ele.

Podemos alegar para esses herdeiros pobres do passado que, mesmo que fosse fácil ser limpo no meio de sua herança deteriorada, seria difícil aparecer como tal. Com o risco de parecer ostentar a tola superstição da incansável renovação pela renovação, que é apenas o desafio do princípio infinitamente precioso da duração, somos ainda levados a dizer que o primeiro resultado dos passeios contemplativos pelos becos sombrios de tal lugar é uma inefável sensação de mau estado. Tudo está rachando, descascando, desbotando, desmanchando, apodrecendo. Nenhum olhar sienense jovem se põe em nada jovem; abre-se para um mundo desgastado e sujo pelo longo uso. Tudo já passou por seu auge, exceto a brilhante fachada da catedral, que está sendo diligentemente retocada e restaurada, e uns poucos palácios particulares cujas amplas fachadas parecem ter sido ultimamente renovadas e polidas. Siena há muito foi maturada até uma tonalidade pictórica; a operação do tempo consiste agora em depositar deterioração sobre deterioração. Mas na maior parte se trata de deterioração paciente, firme, complacente, que acalma mais do que irrita os nervos, e em muitos casos tem sem dúvida uma carreira tão longa a seguir quanto a maioria de nossas hábeis e rasas novidades. Projeta em todos os casos uma sombra mais profunda no constante lusco-fusco das ruas estreitas – essa vaga e histórica obscuridade, como posso referi-la, em que andamos e nos surpreendemos. Essas ruas não são mais do que sinuosos becos pavimentados, em que as grandes casas negras, entre suas cornijas que quase se encontram, recebem uma parca luz que se filtra sobre a pedra cortada toscamente, através de janelas em geral de graciosa forma gótica, grandes anéis de ferro pendentes e suportes retorcidos para tochas. Espalhadas em sua colina de muitas elevações, as ruas frequentemente descaem em perpendicular, tornando-se tão impraticáveis para veículos, que o som de rodas é só um pouco menos anômalo do que seria em Veneza. Mas ao longo de todo o dia chegam a minha janela, incessantes, um arrastar de pés e um clangor de vozes. O tempo está muito quente para a estação, todo o mundo está fora de casa, e a língua toscana (que em Siena se considera ter uma pureza clássica) agita-se em todas as claves imagináveis. Não descansa nem mesmo à noite, e com frequência sou um espectador não convidado de concertos e *conversazioni* às duas da madrugada. Os concertos às vezes são agradáveis. Eu não apenas não amaldiçoo minha insônia, mas vou à janela para escutar. Três homens vêm cantando, cantarolando e trinando com vozes de encantadora suavidade, ou um trovador solitário em manga de camisa tira tão destramente notas de amor de sua clara e fresca voz de tenor, que pareço naquele instante estar atrás da cena na ópera, olhando algum Rubini ou Mario "acontecer" e esperando pela vez dos aplausos. Nos intervalos, uma dupla de amigos ou inimigos para – os italianos sempre fazem suas considerações na conversa detendo-se, deixando você andar alguns passos, para que se volte e os encontre parados, com o dedo na altura do nariz e a exigir seu olhar interrogativo –, faz uma pausa, por um feliz instinto, diretamente sob minha janela, e discute seu assunto ou conta sua história ou faz sua confidência. Dificilmente se pode saber do que se trata; tudo tem tal prontidão explosiva, tal redundância de inflexão e ação. Mas tudo nessa questão assume uma vida tão dramática, que *nossas* conversas truncadas nunca a conhecem – assim, aqui, quase todas as comunicações expressas se tornam uma peça representada, improvisada, cheia de mímica, equilibrada e acabada, levada intrepidamente a seu *dénoûment*[58]. O falante parece de fato estabelecer sua cena e assumir o palco, para criar por um gesto uma pequena circunscrição cênica em torno dele; ele se precipita para cá e para lá, e grita, e bate o

---

[58] Em francês no original, "desfecho". (N.T.)

pé, e faz pose, percorre todas as fases de sua inspiração. Observei certa noite um impressionante exemplo da espontaneidade dos gestos italianos, na pessoa de um pequeno sienense cuja idade não posso saber ao certo – a idade dos sons inarticulados e do uso experimental de uma colher. Era domingo à noite, e esse homenzinho acompanhara os pais ao café. O Caffè Greco, em Siena, é uma instituição especialmente agradável; você tem uma excelente *demi-tasse*[59] por três *sous*[60], e um ótimo sorvete por oito, e enquanto consome esses luxos fáceis você pode comprar de um pequeno corcunda o semanário local, o *Vita Nuova,* por três *centimes* (os dois *centimes* que sobraram de seu *sous*, se você estiver sob o efeito dessa frugalidade mágica, serão dados ao garçom). Meu jovem amigo estava sentado no joelho do pai e se servindo de metade de um sorvete de morango com que sua *mamma* o havia presenteado. Ele tinha tantas desventuras com sua colher, que essa senhora finalmente a confiscou, não sobrando nada do sorvete a não ser um pouco de líquido vermelho de que ele podia dispor conforme o instinto comum da infância. Mas ele não era amigo, assim parecia, de tais liberdades; era um perfeito pequeno cavalheiro e sentia que se esperava dele que bebesse o que restava. Protestou por conseguinte, e foi a maneira de seu protesto que me chamou a atenção. Ele não chorava audivelmente, embora fizesse uma cara muito contorcida. Não era um berreiro estúpido, e no entanto ele era muito novo para falar. Era uma pungente harmonia de sons suplicantes e acusadores, acompanhados por gestos da mais requintada adequação. Estes eram perfeitamente maduros; ele fazia tudo o que um homem de quarenta teria feito se tivesse vertido um fluxo de sonora eloquência. Encolhia os ombros e franzia as sobrancelhas, agitava as mãos e cruzava os braços, avançava o queixo e sacudia a cabeça – e por fim, fico feliz em dizê-lo, recuperou a colher. Se eu tivesse uma sólida colher de prata, eu a teria dado de presente a ele como testemunho a um perfeito artista, ainda que inconsciente.

Todavia, meu efetivo tributo a ele afastou-me do que eu tinha em mente – uma questão muito mais pesada –, os grandes palácios privados que são as maciças e majestáticas sílabas, frases e orações da

---

[59] Em francês no original, "meia xícara". (N.T.)

[60] *Sou* designava a vigésima parte do franco ou cinco *centimes*. (N.T.)

estranha mensagem que o lugar nos dirige. São extraordinariamente espaçosos e numerosos, e nos indagamos que papel podem desempenhar na pequena economia da cidade atual. A Siena de hoje é uma mera imagem encolhida da pequena república radical que no século XIII empreendeu triunfante guerra com Florença, cultivou as artes com esplendor, planejou uma catedral (embora por fim tivesse de reduzir o projeto) de proporções quase inigualadas e comportava uma população de duzentas mil almas. Muitos desses sombrios edifícios ainda levam os nomes dos velhos magnatas medievais, e sua vaga e complacente ocupação pelos descendentes tem o efeito de uma armadura de prova usada sobre cartolas, paletós e calças de *tweed*. Uma meia dúzia deles são tão altos quanto os palácios Strozzi e Riccardi de Florença; não podiam ser mais altos. A própria essência do romântico e do cênico encontra-se no modo como essas colossais moradias estão reunidas em suas íngremes ruas, nas profundezas de sua pequena cidade emurada e aglomerada. Quando nós, em nossa época e nosso país, erguemos um prédio com a metade da massa e da dignidade, deixamos um grande espaço em torno, como uma espécie de pausa depois de uma fala pomposa. Mas quando uma condessa sienense, tal como as coisas são aqui, arruma o cabelo perto da janela, ela é uma vizinha maravilhosamente próxima do cavalheiro em frente, que está sendo escanhoado por seu mordomo. Possivelmente a condessa não objeta a certa publicidade escolhida para sua toalete; o que um cavalheiro italiano me assegura, a não ser que a aristocracia se trata com muita familiaridade? Alguns dos palácios podem ser visitados, mas somente quando os ocupantes estão em casa, e agora estão em *villeggiatura*. Sua *villeggiatura* dura oito meses do ano, informa-me o garçom do hotel, e passam na cidade pouco mais do que o carnaval. A intriga de um garçom de hotel talvez estivesse abaixo da dignidade mesmo de uma magra história como essa, mas confesso que quando, na condição de quem está permanentemente em busca de histórias, eu chegava de meus passeios irritado com a mudez das pedras e da argamassa, ouvia com avidez, durante o jantar, as confidências proferidas pelo valioso homem que fica por perto com um guardanapo. Sua conversa é de fato excelente, e ele se orgulha muito de seu tom instruído, para o qual chama minha atenção. Tem muito pouco a dizer de bom sobre a nobreza sienense. Os nobres são *"proprio d'origine egoista"*[61] – o que quer que isso queira dizer –, e há muitos que não conseguem escrever seus nomes. Isso pode ser calúnia, mas duvido que o mais irrepreensível deles pudesse ter falado com mais delicadeza de uma senhora de peculiar aparência pessoal que jantou perto de mim. "Ela é muito gorda", disse eu grosseiramente, quando ela deixou a sala. O garçom sacudiu a cabeça com um pequeno suspiro: *"È troppo materiale"*[62]. Essa senhora e seu acompanhante eram as pessoas que, pensando que eu pudesse apreciar alguma companhia – eu jantava sozinho havia uma semana –, ele alegremente me anunciou como americanos recém-chegados. Eram americanos, observei, que usavam, fincados na cabeça de modo permanente o véu ou a mantilha de renda negra, levavam seus feijões à boca com a faca e falavam um estranho e rouco espanhol. Eram por fim compatriotas de Montevidéu. O espírito da antiga Siena, porém, faria pouco de qualquer ênfase nessas distinções; um representante de um remoto lugar comum social era mais ou menos o mesmo que outro quando estava diante da grande *loggia* do Cassino di Nobili, o clube da melhor sociedade. A nobreza, que é muito numerosa e muito rica, ainda é, diz o nativo aparentemente competente que comecei por citar, perfeitamente feudal, superior e separada. Moral e intelectualmente, por trás das paredes de seus palácios, o século XIV, é emocionante pensar, não deixou de persistir. Não se pode falar de burguesia; imediatamente depois da aristocracia vêm os pobres, que são de fato muito pobres. O relato de meu amigo sobre esses aspectos fez-me desejar mais do que nunca – na condição de apaixonado pela espécie social preservada, do tipo a quase qualquer preço – que eu não fosse uma vítima desamparada da noção histórica, reduzido simplesmente a observar pedras negras e dar uma olhada para o alto de escadarias imponentes; e que, quando depois de examinado o lado do palácio que dá para a rua, Murray na mão, se poderia subir para o grande salão, cumprimentar o senhor e a senhora, o velho padre e o jovem conde, e convidá-los a nos brindar com um esboço de sua filosofia social ou com algumas histórias familiares de primeira mão.

---

[61] Em italiano no original, "realmente de origem egoísta". (N.T.)

[62] Em italiano no original, "É muito material". (N.T.)

O sombrio labirinto das ruas – devemos, na falta de tais iniciações, contentarmo-nos em anotar – é interrompido por dois espaços grandes e abertos: a *piazza* em forma de leque, sobre a qual há pouco eu disse uma palavra, e a praça menor, em que a catedral erige suas paredes de mármore multicolorido. Naturalmente, desde que apresentei meus cumprimentos à grande *piazza* ao luar, passeei por ela com frequência em horas mais ensolaradas e em horas mais sombrias. A feira se realiza ali, e onde quer que os italianos comprem e vendam, onde quer que contem e pechinchem – como de fato você os ouve fazer por todo lado, em quase qualquer hora, enquanto você segue seu caminho entre eles –, o pulso da vida bate rápido. Assim tem sido no lugar que acabei de mencionar, suponho eu, pelos últimos quinhentos anos, e durante esse tempo o custo dos ovos e dos potes de barro veio gradual mas inexoravelmente aumentando. Os compradores todavia disputam suas compras tão vigorosamente quanto tantos cidadãos do século XIV, acordando de repente horrorizados com os preços atuais. Você só tem de se afastar, porém, para o Palazzo Pubblico para realmente se sentir um velho medievalista próspero. Os assuntos de estado da República eram antigamente tratados ali, mas agora ele abriga modernos tribunais e prosaicos assuntos. Andei por muitos salões e salas abobadados, que, nos intervalos das sessões administrativas neles realizadas, são povoados apenas pelos grandes e arcaicos afrescos em deterioração – sem nada de inanimados, mesmo em sua atual ruína – que cobrem as paredes e o teto. Os principais pintores da escola sienense colaboraram na produção das obras a que me refiro, e ali você pode completar o conhecimento que, possivelmente, iniciou na Academia. Digo "possivelmente" para ser judicioso, já que minha própria observação não me levou muito longe. Acalentei, mais do que outra coisa, o pensamento de que a escola sienense permite a nossa avidez adormecer tranquilamente – benevolente, abstém-se de fazer andar uma curiosidade lânguida e uma fé morna. "Um rival formidável dos florentinos", diz algum livro – esqueci qual – em que há pouco dei uma olhada. Nem um pouco disso, digo firmemente; os florentinos podem descansar sobre seus lauréis, e os ociosos em sua ociosidade. Os antigos pintores dos dois grupos têm de fato muito em comum, mas os florentinos tinham a boa sorte de ver seus esforços reunidos e aplicados por uns poucos espíritos eminentes, e nenhum desse tipo veio em socorro dos tateantes sienenses. Fra Angélico e Ghirlandaio disseram tudo o que seus *confrères*[63] mais fracos sonharam, e muito mais ainda, mas a inspiração de Simone Memmi e Ambrogio Lorenzetti e Sano di Pietro tem um doloroso ar de nunca florescer ao máximo. Sodoma e Beccafumi são, para meu gosto, um auge sobretudo abortivo. Todavia, é preciso falar deles polidamente – e o faço, de coração, pois seu trabalho, por suas luzes, forjou uma preciosa herança de cor ainda viva e de rica sombra povoada de figuras para as ressoantes salas de sua antiga fortaleza cívica. Os afrescos desbotados cobrem as paredes como tapeçarias com histórias fantásticas; de um modo ou de outro, lançam seu encanto. Se se tem um grande débito de prazer para com a arte pictórica, chega-se a pensar terna e facilmente em toda sua evolução como a experiência consciente de um único e misterioso espírito combatedor, e se evita dizer coisas rudes sobre qualquer fase dela, assim como se deixaria de referir sem precauções algum erro ou lapso na vida de uma pessoa estimada. Você não se preocupa em lembrar a um grisalho veterano suas derrotas, e por que em Siena deveríamos nos demorar a falar sobre Beccafumi? De modo algum irei ao ponto de dizer, com um amador com quem estivesse discutindo a questão, que "Sodoma é um pintor precioso e fraco, e que Beccafumi não é de modo algum um pintor", mas, sendo limitada a oportunidade, disponho-me a deixar a observação sobre Beccafumi passar por verdadeira. Com respeito a Sodoma, lembro ter visto há quatro anos, no coro da Catedral de Pisa, uma amostra pequena e sombria do pintor – um Abraão e Isac, se não estou enganado –, carregada de melancólica graça. Raramente ele é encontrado em coleções gerais, e nunca eu o havia encontrado desse modo até outro dia. Não foi prolífico, aparentemente; todavia, tinha sua própria elegância, de que faz parte sua raridade.

Aqui em Siena estão uns doze afrescos dispersos e três ou quatro telas, entre as quais sua obra-prima, um harmonioso *Descendimento da Cruz*. Eu não daria nada pelo equilíbrio das figuras ou das escadas, mas, enquanto perdura, a cena é intensamente solene e graciosa e suave – muito suave para um tema tão amargo. As mulheres de Sodoma são estranhamente suaves; uma noção imaginativa da atitude mórbida e

---

[63] Em francês no original, "confrades". (N.T.)

suplicante – de modo digno de nota no sentimental e no patético, mas agradável, *O desfalecimento de Santa Catarina*, a grande heroína sienense, em San Domenico – parece-me a mais bela realização do autor. Seus afrescos têm todos a mesma evasão quase suplicante em relação à dificuldade, e uma espécie de melancolia suave que me inclino a considerar como a parte mais sincera deles, pois me toca como sendo praticamente a suspeita deprimida do artista diante de sua própria carência de força. Certa vez ele determinou, porém, que, se não pudesse ser forte, faria de sua fraqueza um trunfo, e pintou o *Cristo amarrado na coluna*, da Academia. Aqui chegou muito mais perto, e não tenho dúvida de que misturou suas cores com suas lágrimas, mas o resultado não pode ser mais bem descrito do que dizendo que é, pictoricamente, o primeiro dos Cristos modernos. Infelizmente, não foi o último.

A principal força da arte sienense voltou-se possivelmente para a construção da Catedral, e no entanto mesmo aqui a força não é de grande peso. Se, porém, há templos mais interessantes na Itália, há poucos mais rica e variadamente cênicos e esplêndidos, sendo a pobreza comparativa da ideia arquitetônica encoberta por uma maravilhosa riqueza de detalhes engenhosos. Em frente à igreja – com o insípido antigo palácio do arcebispo de um lado e a residência desmantelada do falecido Grão-Duque da Toscana do outro – encontra-se um antigo hospital com um grande banco de pedra ao longo de sua fachada. Sentei-me ali por algum tempo todas as manhãs, durante uma semana, como um convalescente filosófico, a olhar a ornamentada fachada da catedral brilhar contra o azul profundo do céu. Ela foi prodigamente restaurada nos últimos anos, e o fresco mármore branco dos pináculos, das estátuas, dos animais e das flores, densamente agrupados, reluz à luz do sol como um mosaico de joias. Há mais dessa obra de ourives em pedra do que posso lembrar ou descrever; está acumulada sobre três grandes portas com imensas margens de bela escultura decorativa – ainda no antigo mármore de cor creme – e sob três frontões pontiagudos ornados com imagens em relevo sobre mármore vermelho e encimados por mosaicos dourados. É fantástico e luxuriante no mais alto grau – é, no todo, maravilhoso. Como triunfo das múltiplas cores, ela o prepara para o interior, onde o mesmo esplendor multicor está em jogo de modo permanente – uma complicação confiante de harmonias e contrastes, bem como de refinamentos e ousadias estruturais menores. A superfície interna é trabalhada em séries alternadas de mármores preto e branco, mas, como este último foi escurecido pelos séculos até um belo marrom suave, o lugar é todo um concerto de escuros mitigados e dispersos. Com exceção dos brilhantes afrescos de Pinturicchio na sacristia, não há quadros a serem comentados, mas o piso é recoberto por muitos desenhos elaborados em mosaico preto e branco, a partir de cartões de Beccafumi. A paciente habilidade dessas composições torna-as um raro exemplo de ornamentação; mas mesmo aqui o amigo que citei há pouco rejeita esse fruto demasiado maduro da escola sienense. Os desenhos são disparatados, diz ele, e toda sua admiração se volta para os artesãos engenhosos que imitaram as hachuras e os sombreados e as marcas do pelo do pincel com as mais finas curvas da pedra negra incrustada. Mas a verdadeira maravilha do trabalho manual em Siena pode ser vista nas belíssimas estalas do coro, sob a luz colorida da grande rosácea. O entalhe em madeira nunca foi um trabalho cultivado no lugar, e os maiores mestres da arte durante o século XV se entregaram a essa prodigiosa tarefa. É a interpretação, em carvalho lustrado, da geada que se acumula no vidro da janela. Seria difícil encontrar, sem dúvida, uma ilustração mais impressionante da peculiar paciência e da sagrada franqueza da grande época. Numa atividade como essa o autor parece pôr mais de sua substância pessoal do que em qualquer outra; ele tem de lutar não apenas com o tema, mas também com o material. É muito afortunado quando seu tema é encantador – quando seus planos, suas invenções e suas fantasias surgem facilmente em suas mãos, pois no próprio material, depois que o tempo e o uso o amadureceram, poliram e escureceram até a riqueza do ébano e a um maior calor, há algo insuperavelmente deleitável e venerável. Perambule atrás do altar em Siena quando o canto tiver acabado e o incenso se dissipado, e olhe bem para as estalas do Barili.

1873

II

Deixo a impressão anotada nas páginas precedentes relatar sua própria pequena história, mas tenho em minha consciência que devo me admirar, nesse contexto, ingênua e publicamente e por meio de devida penitência, diante da insuficiência desses primeiros frutos de minha sensibilidade. Eu veria repetidas vezes Siena nos anos seguintes, eu a conheceria melhor e diria que lhe faria mais ampla justiça se essa observação não parecesse refletir-se um pouco em meu pobre julgamento anterior. Esse julgamento me chama a atenção hoje por não ter atingido seu objetivo – pode ser tão verdadeiro quanto o fato de que encontro sempre um valor, ou pelo menos um interesse, mesmo nos estados de espírito e humores e deslizes de qualquer observador reflexivo, meditativo ou imaginativo para quem o sentido mais fino das coisas não está *no todo* não fechado. Se ele, em determinada ocasião, cabeceou ou hesitou ou se perdeu, esse fato por si mesmo fala-me dele – fala-me de sua capacidade e suas idiossincrasias, e não me importa a aplicação de sua capacidade, a menos que, acima de tudo, ela seja em si interessante. Isso pode servir como minha resposta a qualquer objeção que aqui irrompa – com base em que, se as fraquezas de um espectador são indício, de algum modo, desse personagem, não o são do caso diante dele, pelo menos se o caso for importante. Deixo ficar, de qualquer modo, minha expressão talvez fraca da sensação relativa a Siena – e pelo que eu próprio leio nela, mas gostaria de ampliá-la por meio de outras lembranças, e gostaria de fazê-lo impacientemente, se pudesse usufruir aqui de espaço. A dificuldade para estas retificações é que, se à visão anterior faltou adequação ou plena felicidade, se a iniciação foi assim lenta, então, com renovações e extensões, então, com a experiência mais ampla, um obstáculo é trocado por outro. É possível ter-se vivido tanto uma relação, que não se é capaz de fazer uma declaração sobre ela.

Lembro-me de certa ocasião em que, ao chegar muito tarde, numa noite de verão, depois de uma viagem quase ininterrupta de Londres, e a anotação dessa chegada – eu era a única pessoa que descia na estação ao pé da grande montanha em que fica a pequena cidade fortaleza, por cujo portão, que dá a impressão de cenho franzido e boca aberta, devo ter passado, na quente escuridão e no silêncio absoluto, com o jeito de uma pessoa de importância prestes a ser completamente encarcerada – me dá, para uma preservação assim adiada, o tom, posso dizê-lo, em vários momentos, embora sempre em uma estação, de um uso estético quase sistematizado do lugar.

Não se poderia negar que as "acomodações" muito mais bem criadas pelos anos multiplicadores, embora infelizmente mais agitados, tinham de ser reconhecidas por fornecerem uma base, comparativamente prosaica se se quiser, para esse luxo. Logo que escrevi essas palavras, porém, vi-me acrescentando que "não se deveria", que não se deve – não se deve agora encarar o então "novo" hotel (bem velho nessa época) como outra coisa que não uma ajuda a um livre jogo de percepção. O velho Arme d'Inghilterra, robusto e de mau gosto, na rua mais escura, desapareceu, mas seu antigo rival, o Aquila Nera, manifestou pretensões de modernização, e o Grand Hotel, flor ainda mais fresca da modernidade, perto da porta pela qual você entra ao vir da estação, assume para minha atual lembrança uma mistura de todos os tipos de conforto, limpeza e gentileza. Os fatos particulares, aqueles da visita que iniciei aqui ao aludir a eles e os de outras ainda, de qualquer modo, inveteradamente feitas em junho ou no começo de julho, entram todos em uma fusão como a de objetos de quente dourado escuro vistos através de úteis gretas de postigos fechados em altos, frios e escurecidos cômodos, onde o esquema da cena envolvia dias um tanto longos de tranquilo trabalho, com o reaparecimento e a contemplação no final da tarde à espera da melhor ou da pior consciência. Assim associo o compacto mundo do admirável topo da colina, o mundo com a predominância de um dourado escuro, a uma invocação geral da sensibilidade e da imaginação, e penso em mim mesmo indo para a luz hesitante das tardes de verão, em sintonia com a intensidade da ideia de beleza composicional, ou em outras palavras, livremente falando, com a questão da cor, com a intensidade do quadro. Comunicar-se com Siena desse modo encantador era assim, admito, não ter grande margem para a realização de investigações, mas não estou certo de que não seria, pouco a pouco, sentir toda a combinação de elementos melhor do que por meio de um método mais exemplar, e isso desde o início até o fim da escala.

De fato, mais elementos para a memória vagueiam pelos dias nos quais se entrava, graças a essa vinda direta do norte, do que por outras séries – em parte, sem dúvida, por eu então ter permanecido mais tempo. Eu o especifico de qualquer modo em afetuosa reminiscência do ano, o único ano, em que estive presente no Palio, o primeiro, a série de furiosas corridas de cavalo entre os representantes eleitos de diferentes bairros da cidade que ocorrem pelo fim de junho, enquanto a segunda exibição do mesmo tipo, ainda mais característica, é realizada no mês de agosto; este é um espetáculo a propósito do qual estou longe de falar como se falasse da mais fina flor de meu antigo conjunto de impressões, talvez mesmo um pouco desbotado, mas que mancha essa estada especial como uma grande marca do polegar de uma mão levemente suja e decididamente ensanguentada. Na realidade, a grande, barulhenta e enfeitada brincadeira, ou o vigoroso divertimento, simulando ferocidade, quando não a praticando, e que é o orgulho anual da cidade, não era intrinsecamente, a meu ver, algo extraordinariamente impressionante – embora estivesse carregada do testemunho quanto ao apaixonado aproveitamento italiano de qualquer pretexto para os trajes, as atitudes e as manifestações, para a pantomima e a mascarada, e para a estridente representação; a vasta e barata vivacidade de algum modo se refina, e o enxame e a algazarra da imensa praça se desfazem, para a noção elevada de um balcão situado no alto do palácio Chigi, que sobrepaira a cena e onde tudo era suplantado pela passagem mais intensa, ao longo dos anos, da grande tradição arquitetônica renascentista e da infinita suavidade do dia dourado em declínio. O Palio, sem dúvida, era *criard*[64] – e sobretudo por monopolizar, em Siena, a nota de crueza; e muito dele exigia sem dúvida da paciência das pessoas um devido respeito pela longa continuidade local de tais coisas; ele, porém, tem sua posição singular em qualquer retrospectiva dos muitos bravos aspectos do prodigioso lugar. Não que eu queira aqui, mesmo para retificação, referi-los sucessivamente; só prossigo um pouco com meu olhar pesaroso voltado para os nítidos hiatos de meu relato original sobre as afinidades alimentadas.

 Inclino minha cabeça, por exemplo, para o mistério de eu não ter mencionado que a flor mais serena e mais fresca do dia era sempre a da constante renovação de uma homenagem fascinada a Pinturicchio, o mais sereno, o mais vívido e evidentemente o mais jovem e o mais matinal (em contraste com os meramente primitivos ou crepusculares) dos pintores, na biblioteca ou na sacristia da Catedral. Eu *sempre* encontrava tempo antes do trabalho para passar uma meia hora de imersão, sob esse esplêndido teto, no mais claro e mais suave, no

---

[64] Em francês no original, "muito vivo", "vistoso", "ruidoso". (N.T.)

mais propriamente limpo e "direto", tal como domina nossa invejosa credulidade, de todos os mundos de afresco que contam uma história? Essa maravilhosa sala, um monumento em si mesmo ao antigo orgulho e poder da Igreja, e que possui um insuperável tesouro de missais, saltérios e outros grandes fólios em pergaminho gloriosamente iluminados – quase cada folha dá a impressão de que há rubis, safiras e esmeraldas incrustados em ouro e praticamente engastados na página –, oferece assim à vista, de um modo esplendidamente duradouro, um registro visual da carreira do Papa Pio II, Aeneas Sylvius, dos Piccolomini de Siena (que lhe deram como sucessor imediato um segundo com o nome deles), o mais profanamente literário dos pontífices e o último dos supostos cruzados, cujas aventuras e cujos feitos sob o pincel de Pinturicchio se suavizam para nós no tom das "histórias" contadas por algum bom velho do mundo, no tranquilo fim de sua vida, para o grupo de seus netos. O fim de Aeneas Sylvius não foi tranquilo; morreu em Ancona em tempos tumultuados, pregando a guerra, e tentando fazê-la, contra os então terríveis turcos; mas sobre nenhuma grande lenda pessoal do mundo, entre as de homens com atividades árduas, estende-se uma abóbada memorial mais bela, mais clara ou mais pacífica do que a da extraordinária Libreria de Siena. Pareço lembrar-me de tê-la tido, e a seu recinto não frequentado, toda para mim com tanta frequência, que devo de fato ter-me dirigido muito a ela em busca de uma pronta bênção para o dia. Igual a nenhuma outra forte solicitação, entre apelos artísticos a que se pode compará-la por todo o maravilhoso país, é a presença vizinha que sentimos da elaborada Catedral em sua pequena, orgulhosa e possessiva cidade: você pode com muita frequência sentir, no correr da semana, que ela existe para que você usufrua dela, para sua conveniência romântica, para seu pequeno e voluptuoso uso estético. Em tal luz brilha para mim, aconteça o que acontecer, sob tal acúmulo e tal complicação de tons resplandece e escurece e ricamente desaparece para mim, ao longo dos anos, o tesouro de mármores multicoloridos, na inexplorada, modorrenta e vazia praça de Siena. Seria perfeitamente possível, no livre exercício de qualquer imaginação responsável ou gosto luxurioso, fazer o que se quisesse com ela.

Mas essa afirmação se mostra verdadeira, afinal, para quase qualquer ameno passatempo do incurável estudioso de significados imprecisos, relíquias extraviadas, referências casuais e analogias obscuras em uma cidade italiana de montanha, bronzeada e temperada pelo passar do tempo. Para justificar o direito de falar, eu devesse talvez ter mergulhado nos arquivos de Siena, de que, certa ocasião, um gentil guardião me proporcionou, em condições empoeiradas e abafadas – é assim que a ocasião vagamente me volta –, um vislumbre que foi como ter ficado um momento na boca de uma profunda e escura mina. Não desci ao poço; fiz, ao contrário, uma coisa muito mais preguiçosa e fácil: eu simplesmente ia todas as tardes – alcançado meu limite de trabalho, gosto de lembrar – fazer um passeio meditativo pela Lizza – a Lizza que tinha sua própria arte despretensiosa, mas insidiosa, de encontrar no meio do caminho o apreciador de antigas histórias. O que é importante e sutil, se você não for um afincado especialista, em lugares de consciência histórica pesadamente carregada, é tirar proveito da noção dessa consciência – ou, em outras palavras, cultivar uma relação com o oráculo – segundo a maneira que se adapta a você; assim, se o ressaibo geral da experiência, experiência ampla, a refinada essência destilada da coisa, parece exalar-se, em tal caso, a partir das próprias pedras e produzir, a partir do próprio ar, um forte e espesso licor, você pode assim recolher, enquanto passa, o que é seu maior propósito, que é a mistura de coisas vividas mais indestrutível, com seu odor lento e concentrado, do que qualquer lista interminável de capítulos e versos numerados. Capítulos e versos, literalmente perscrutados, recusam-se a coincidir, em geral, com as divisões de nossa própria pilha de manuscritos – o que não passa de outro modo de dizer, em suma, que se a Lizza é um mero promontório fortificado da grande montanha sienense, servindo de imediato como baluarte para a guarnição militar e como passeio e área de lazer para os cidadãos, com árvores, bancos e coreto, eu nunca podia, perto do fim do dia, ter o suficiente dela ou ainda sentir que fossem vãs as mais vagas perambulações por ali. Eram vagas, mas sempre com a delimitação desse belo acúmulo, enquanto se andava, do elemento bronzeado e temperado, do imenso pedestal rochoso, da bravura de muros, portas, torres, palácios e poderio afirmado em alta voz; e depois desse ar permeado ou suavemente infestado em que se sente a experiência de o tempo, que há pouco mencionei, estar refinadamente em dissolução; e por fim do amplo, estranho, triste, belo horizonte, uma coroa de distantes montanhas que sempre mostram, para quem está debruçado ao pôr do sol, em antigos parapeitos desgastados e amaciados, uma região não exatamente estiolada ou deserta, mas que tivera sua vida, numa imensa escala, e partira, com todas as suas memórias e relíquias, para um afastamento austero, quase soturno e misantrópico. Essa era uma maneira e um estado de espírito, de qualquer modo, em toda a região, que favorecia no final da tarde os mais divinos azuis e púrpuras da paisagem – para não falar que favorecia ainda mais minha alegação prática de que todo o promontório protegido em questão, com os imensos taludes, de um marrom e um vermelho dourados, que desciam até as vinhas, os pomares e os trigais, e toda a rústica elegância do *podere* toscano, tecia para mim uma cadeia de inesquecíveis horas; quanto à justiça de sua reivindicação, deixem-se estas divagações testemunhar.

Não era, porém, que não se pudesse sem deslealdade para com esse plano de proveito buscar impressões mais distantes – ainda que de fato eu possa melhor dizer de um assunto como a longa peregrinação ao retratado convento do Monte Oliveto que ela apenas tocava as mesmas finas cordas que a Lizza, vista no alto ao longe. O que ocorria é que se punha simplesmente em amigável prova, por assim dizer, o estado de espírito e o costume da região. Essa lembrança é preciosa, mas a demonstração dessa noção de uma grande e alta região, silenciada por algum choque final e se voltando meditativamente, de fato tragicamente, para si mesma, não podia ter sido mais bem exposta. A extensa estrada rural a que me refiro, que se estende por montanhas e vales e a que dediquei todo o mais longo dia do ano – eu estava em um pequeno transporte de um só cavalo, de que já havia feito grato uso, e com um condutor tão disposto quanto eu a sempre sacrificar a velocidade à contemplação –, é sem dúvida conhecida agora graças ao impulso do carro a motor; pensar nesses livres tratos com a solidão de Monte Oliveto faz-me reconsiderar um pouco pesarosamente, confesso, o espírito com que em outra parte destas páginas eu, em nome do prazer, do prazer da paisagem, dos olhos, reconheci nossa crescente dívida geral para com esse veículo. Pois o fato de não encontrarmos nada, como pareço a essa distância de tempo lembrar, enquanto tranquilamente trotávamos e trotávamos pelas esplêndidas horas de verão e pela árida desolação que ainda de certo modo sorria e sorria, fazia parte do encanto e da intimidade de toda a impressão – impressão que culminou, por fim, diante da grande praça claustral, desolada, triste e abatida, na visão quase ansiosa, mais frequente na Itália de hoje do que em qualquer parte do mundo, do desperdício incalculável de uma miríade de formas de piedade, de forças de trabalho, de belos frutos do gênio. Todavia, a impressão de todas as coisas era de deixar de boca aberta, e o que se perguntava sobretudo era se ela seria do tipo forte. Era o caso – penso que era só o que eu podia sentir –, a todo instante, das poucas horas que passei na vasta, fria e vazia concha, da qual a irmandade beneditina abrigada ali havia tempos fora por fim retirada pelo braço forte de um Estado secular. Só restava um bom irmão, um sobrevivente muito magro e resistente, um sombrio, velho e amigável Abbate[65], de tipo indescritível e modos perfeitos, sobre o qual penso que senti, imediatamente depois, que eu teria gostado de dizer muito, mas em relação a quem devo ter cedido ao fato de que uma celebração engenhosa e vívida estava mesmo então guardada para ele. O retrato literário o distinguira por ele mesmo, e no conto *Un Saint*, um dos mais bem realizados das *nouvelles* francesas contemporâneas, a arte e a simpatia de Monsieur Paul Bourget preservam sua interessante imagem. Ele está presente no belo conto, o Abbate do desolado claustro e daqueles tempos relativamente tranquilos, como um puro e claro tipo de santidade; uma circunstância que em si mesma leva um apaixonado analista de outra raça que não a "latina" (modelo e pintor, neste caso, têm o latinismo fortemente em comum) a meditar quase infinitamente. Oh, as indizíveis diferenças em quaisquer formas ou estimativas de valores quanto às características da aparência, em qualquer nível de sensibilidade à associação de expressão, entre observadores com diferentes pontos de vista inevitavelmente mais ou menos opostos, tradicionais e "raciais"! Já se ouviu latinos convictos – pelo menos eu ouvi! – falarem de situações de confiança e intimidade em que não podiam ter suportado perto deles um protestante ou, se poderia dizer, por exemplo, um anglo-saxão; mas eu lembraria minha própria tentativa de avaliar a mudança de sensibilidade que poderia ter permitido aproximar-me mais prolongada e estreitamente do caro Abbate sombrio, meio morto de fome, muito possivelmente heroico

---

[65] Em italiano no original, "abade". A grafia usual em italiano é "abate". O texto parece empregar o termo no sentido de padre, frade. (N.T.)

e idealmente urbano. A profundeza sobre a profundeza das coisas, a nuvem sobre a nuvem de associações, de um lado e de outro, isso teria de ter mudado primeiro!

Ao que posso acrescentar, todavia, que, desde que sempre se invocou supremamente a intensidade de impressão e a abundância de caráter, deleitei-me com isso bastante em Monte Oliveto, e que assim este teria constituído meu único descanso no vasto e gelado vazio do arruinado refeitório, se eu não tivesse me lembrado de trazer comigo um pouco de comida, tão escassamente distribuída, lembro-me – muito escassamente de fato, já que meu *cocchiere*[66] deveria compartilhá-la comigo –, por meu fornecedor em Siena. Nosso trágico anfitrião – ainda que tão ternamente trágico – nada tinha para nos dar, mas o frio imemorial do enorme interior monástico em que sorridentemente jejuamos decerto sem isso não teria tido para mim tamanha riqueza de referências. Era para eu ter "gostado" de toda a aventura, então devo de algum modo ter gostado disso; e essa observação lembra-me o especial tesouro do templo dessacralizado, esses afrescos extraordinariamente fortes e vigorosos de Luca Signorelli e Sodoma que ornam, numa admirável condição, vários trechos de paredes do claustro. Essas criações de certo modo tomam conta delas próprias; ajudadas pelo azul do céu acima do pátio do claustro, elas fulguravam, viviam insistentemente; lembro-me da gelada ronda por todo o resto da nudez, incluindo a da grande igreja degradada e até mesmo a do testemunho abismalmente resignado do Abbate quanto a sua mera situação humana e pessoal; e depois, com tal força de contraste e efeito de alívio, as fulgurações solares e as manchas de cor, ali abrigadas, da composição cênica e do desenho, onde algumas mãos há séculos transformadas em pó trabalharam tanto o desafiador milagre da vida e da beleza, que o efeito é o de um jardim a florescer entre ruínas. De certo modo desacreditados, já que todos o seriam, os próprios destruidores, a antiga piedade, o espírito e a intenção gerais, mas ainda brilhante e confiante e sublime – de fato invejavelmente imortal – a outra, ainda mais sutil, a genuína fé inteiramente estética.

1909

---

[66] Em italiano no original, "cocheiro". (N.T.)

Notas florentinas

I

Ontem esse lânguido organismo conhecido como Carnaval Florentino ganhou um momentâneo aspecto de vigor e decretou um *corso*[67] geral através da cidade. O espetáculo não era brilhante, mas sugeria algumas reflexões naturais. Encontrei a fila de carruagens na praça diante de Santa Croce, em torno da qual faziam seu trajeto. Seguiam solenemente, com seus ocupantes desaprovando uns aos outros numa aparente indignação por uns não acharem que os outros valiam a pena. Não havia máscaras, trajes, enfeites, nem se jogavam flores ou doces. Era como se cada grupo numa carruagem tivesse em particular e de modo não muito heroico decidido não ter despesas, e estava antes frustrado por descobrir que não estava tendo melhor entretenimento do que o que proporcionava. O meio da *piazza* estava cheio de pequenas mesas, com charlatões aos gritos, a maioria disfarçada com velhos chapéus e crinolinas, oferecendo oportunidades em sorteios para aves depenadas e lâmpadas a querosene. Nunca pensei que a imensa estátua de mármore de Dante, que sobrepaira à cena, fosse uma obra do máximo refinamento, mas, como está ali em seu alto pedestal, a mão no queixo, franzindo o cenho para baixo, em direção a toda essa tolice barata, parecia ter uma grande intenção moral. As carruagens seguiam um curso prescrito – pela Via Ghibellina, Via del Proconsolo, passando pela Badia e pelo Bargello, sob os grandes

---

[67] Em italiano no original, "desfile". (N.T.)"

penhascos em mosaico da Catedral, pela Via Tornabuoni e a seguir, por dez minutos sob o sol, ao lado do Arno. Muito de tudo isso é a parte mais grave e mais imponente de Florença, uma área de suprema dignidade, e havia uma incongruência quase jocosa ao ver o Prazer liderando seu cortejo através dessas sombrias e históricas ruas. Fazia frio de modo especialmente desagradável, e na ausência de máscaras muitos narizes eminentes tinham a ponta fantasticamente púrpura. Mas enquanto as carruagens se arrastavam solenemente, pareciam manter uma marcha fúnebre – e seguir um antigo costume, uma fé desacreditada, até seu túmulo. O Carnaval está morto, e essas boas pessoas que tinham vindo de fora para a folia eram pranteadores e coveiros. No último inverno em Roma, mostrou apenas uma vida reanimada, embora, comparado com essa humilde exibição, fosse operístico. Em Roma era de fato muito operístico. Os nobres cavaleiros sobre os cavalos eram ali um bando de cavaleiros de circo, e estou certo de que metade dos foliões dirigia-se toda noite ao Capitólio para receber seus doze *sous* do dia.

Li há pouco as Cartas do Président de Brosses. Cerca de cem anos atrás, em Veneza, o Carnaval durava seis meses; e em Roma, por muitas semanas a cada ano, se estava livre, sob a proteção de uma máscara, para perpetrar as mais fantásticas loucuras e cultivar os mais recompensadores vícios. É muito bom ler as notas do presidente, que têm de fato singular interesse, mas fazem com que nos perguntemos por que esperaríamos que os italianos persistissem em hábitos e práticas que nós mesmos, se tivéssemos responsabilidade no assunto, acharíamos intoleráveis. Os florentinos, de qualquer modo, não gastam mais dinheiro nem fé com o carnavalesco. E no entanto essa verdade tem uma ressalva, pois o que me impressionou em todo o espetáculo ontem, e desencadeou essas observações, não foi de modo algum o fato de os ocupantes das carruagens usarem mais ou menos trajes, mas a obstinada sobrevivência do instinto de folia nas pessoas em geral. Não podia haver melhor exemplo dele do que o fato de essa sombra tão vaga de entretenimento manter toda Florença de pé e andando, densamente aglomerada, por horas, nas frias ruas. Nada havia para ver que não pudesse ser visto nas Cascine em qualquer belo dia do ano – nada, a não ser um nome, uma tradição, um pretexto para o doce e total ócio. A capacidade de fazer muito das coisas comuns e de converter pequenas ocasiões em grandes prazeres é, para um filho de comunidades ativas como as nossas são ativas, a mais destacada característica das ditas civilizações latinas. Ela o encanta e o incomoda, segundo seu estado de espírito; e na maior parte representa um hiato moral entre, de um lado, sua própria noção emocional e efetivamente espiritual de raça e, de outro, a dos franceses e italianos, hiato muito maior do que as léguas aquáticas que um vapor pode anular. Mas penso que seu estado de espírito é mais sensato quando ele aceita a fácil rendição "estrangeira" a todos os sentidos, como sinal de uma filosofia inconsciente de vida, instilada pela experiência de séculos – filosofia das pessoas que viveram por longo tempo e intensamente, que não descobriram atalhos para a felicidade nem modo efetivo de evitar o esforço, e assim chegaram a olhar o quinhão médio como um significativo fato que pede certo volume de peso na bandeja mais leve da balança. Florença ontem aproveitou seu feriado de um modo natural e plácido, que parecia fazer de sua própria disposição uma questão independente do esplendor da compensação decretada em uma linha mais alta para o cansaço de suas pernas. Que o *corso* fosse estúpido ou animado era a vergonha ou a glória dos poderes "de cima" – os fados, os deuses, os *forestieri,* os conselheiros da cidade, os ricos ou os miseráveis. A Florença habitual, nas estreitas calçadas, comprimida contra as casas, obedecia a uma necessidade natural de andar olhando em torno complacentemente, pacientemente, gentilmente, e nunca empurrando, nem atropelando, nem xingando, nem confundindo. Essa margem liberal para festas na Itália dá às massas uma urbanidade mais que de homem do mundo para terem seu prazer.

Nesse meio tempo, ocorre-me que perto de uma remota lareira da Nova Inglaterra uma jovem pessoa ingênua, de um dos sexos, está lendo, em um velho volume de viagens ou em um conto romântico, algum relato desses aniversários e folias predeterminadas, como as antigas terras católicas os dão a ver. Pela página passa uma visão de fachadas de palácios, esculpidas, revestidas de vermelho e dourado e que brilham sob um sol meridional; de um heterogêneo cortejo de mascarados que avançam em voluptuosa confusão e golpeiam uns aos outros com ramalhetes e cartas de amor. Na tranquila sala, sufocando o ritmo do relógio de Connecticut, flutua um rumor de vozes satisfeitas, uma mistura de animados sons estrangeiros, um eco de música ouvida ao longe com uma cadência estranhamente estrangeira. Mas o anoitecer chega, e a jovem pessoa ingênua fecha o livro cansada e vai até a janela. A noite cai sobre a neve pisada. Na rua, mais adiante, há uma igreja de madeira branca, que parece cinza em meio a toda a neve. A jovem pessoa observa a vista por um instante, e depois volta e olha para a lareira. O Carnaval de Veneza, de Florença, de Roma; cores e maneiras, fascínio e arrebatamento! A jovem pessoa contempla na luz da lareira o bruxuleante *chiaroscuro*[68] do futuro, discerne por fim o ardente fantasma da oportunidade e se decide com o coração acelerado a ir e ver tudo – dali a vinte anos!

II

Alguns dias depois, tendo ido a Fiesole, voltamos pelo castelo de Vincigliata. A tarde estava encantadora; e, embora ainda (10 de fevereiro) não houvesse ressurgimento visível da vegetação, o ar estava carregado de um vago perfume primaveril, e as cores quentes das montanhas e a amarela luz do sol do poente que inundava a planície pareciam conter a promessa do retorno da Natureza à graça. É verdade que, acima da distante garganta azul pálido de Vallombrosa, o perfil da montanha estava coroado de neve, mas a alma liberta da Primavera estava todavia livre. A vista de Fiesole parece, a cada visita, mais vasta e mais rica. A concavidade em que se encontra Florença, e que de baixo parece profunda e contraída, abre-se num imenso e generoso vale e leva os olhos para uma centena de gradações da distância. O próprio lugar se mostrava, em meio a seus campos e jardins variados, com tantas torres e flechas quanto um tabuleiro de xadrez meio limpo. As cúpulas e as torres estavam lavadas por uma desmaiada bruma azul. As dispersas colunas de fumaça, permeadas pela luz do sol que esmorecia, sobrepairavam a elas como flâmulas e pendões de gaze prateada; e o Arno, coleando e ondulando e coruscando aqui e ali, era uma serpente com listras prateadas.

---

[68] Em italiano no original, "claro-escuro". (N.T.)

Vincigliata é um produto dos milhões, do lazer e da excentricidade, como suponho que as pessoas dizem, de um cavalheiro inglês – Temple Leader, cujo nome deveria ser celebrado. Chega-se ao castelo a partir de Fiesole por um estreito caminho, que volta para Florença por românticas curvas através das montanhas e passando por nada no trajeto a não ser esparsas plantações de ciprestes e cedros. Há mais de vinte anos, acredito, esse cavalheiro imaginou coisas para a casca a desmoronar de uma fortaleza medieval no alto de uma colina exposta ao vento e dominando o Val d'Arno, e sem demora a comprou e começou a "restaurá-la". Nada sei sobre qual pode ter sido o preço da ruína original, mas nos sombrios pátios e cômodos da atual e elaborada construção esse apaixonado arqueólogo deve ter enterrado uma fortuna. Ele tem, todavia, a compensação de sentir que ergueu um monumento que, se nunca enfrentará um cerco feudal, pode pelo menos fazer face a algum exame crítico. Trata-se de uma obra de arte desinteressada e realmente um triunfo da cultura estética. O autor reproduziu com minuciosa precisão uma firme casa-fortaleza do século XIV, e manteve sempre tão rígida ligação com seu modelo, que o resultado é literalmente inabitável para degenerados modernos. Trata-se simplesmente de um fac-símile maciço, um elegante museu de imagens arcaicas, sobretudo, mas em especial prazerosa contrafação, encarapitada em um contraforte dos Apeninos. O lugar é mostrado de forma muito educada. Há um claustro encantador, pintado com afrescos extremamente habilidosos e "graciosos", comemorando os feitos dos fundadores do castelo – um claustro que é tão encantador quanto um claustro poderia ser, exceto por não ser verdadeiramente venerável e utilizável. Há um belo pátio, com a torre fortificada que ascende alto para o azul, e uma grande *loggia* com vigorosos medalhões de cores suaves de Luca della Robbia fixados de modo irregular nas paredes. Mas os apartamentos são a grande realização, e cada um deles é uma "reconstituição" tão boa quanto o conto de Walter Scott; ou, para falar sinceramente, melhor ainda. Todos têm as vigas do teto baixas e são abobadados, com piso de pedra, ornados com cores graves e iluminados por estreitas janelas, em vãos profundos, através de pequenos quadriláteros de vidro opaco cercados de chumbo.

Os detalhes são infinitamente engenhosos e elaboradamente austeros, e a atmosfera interior de medievalismo é revivida de modo convincente. Nenhum fato conciliador da escuridão e do frio domiciliar nos é poupado, nenhuma condição produtora de maneiras medievais deixa de ser vista. Há bancos de carvalho com vinte centímetros de largura em torno da sala e poltronas desagradáveis de couro trabalhado ilustrando as transições suprimidas que, como diz George Eliot, unem todos os contrastes – oferecendo uma ligação visível entre as concepções modernas de tortura e de luxo. Não há lareiras a não ser na cozinha, onde guaritas estão inseridas de cada lado da grande coifa, nas quais as pessoas podiam entrar e alternadamente se tostarem e defumarem. Podemos nos perguntar se essa carência da pedra de lareira grassava em tal escala, mas é um toque feliz na representação de uma habitação italiana de qualquer período. Mostra como a graciosa ficção de que a Itália é toda "meridional" floresceu por algum tempo antes de ser refutada por resmunguentos turistas. No entanto, nesse frio conforto você sente a incongruente presença de uma constante e intuitiva consideração pela beleza. A formosa curvatura dos tetos abobadados; as paredes ricamente adornadas, ásperas e duras como são; as formas encantadoras das grandes travessas e jarras nos recessos profundos dos armários negros curiosamente esculpidos; a perambulante mão do ornamento, por assim dizer, atuando aqui e ali para seu próprio passatempo, em recantos não iluminados – essas coisas restabelecem, para nossa credulidade otimista, com todos os tipos de graça, o equilíbrio do quadro.

No entanto, com que visão turva e sombria se imagina que, ao passar seus pesados olhos sobre os reduzidos passatempos domésticos, se defrontariam mesmo os moradores conscientes de necessidades mais requintadas do que o mero fornecimento de pancadaria e carne e cerveja[69]! Esses cômodos crepusculares em Vincigliata são um mistério e um desafio; parecem a simples proposição de um enigma sem resposta. Você anseia, enquanto perambula por eles, levantando a gola

---

[69] Trata-se de provável referência ao verso "That beef and beer give heavier blows" ("Que carne e cerveja proporcionam golpes mais fortes"), de um poema de David Garrick sobre a guerra entre França e Inglaterra no século XVIII; o poema acompanhava gravura de William Hogarth sobre o assunto. (N.T.)

do casaco e se perguntando se os fantasmas podem pegar bronquite, por responder com alguma noção positiva daquilo que pessoas tão engaioladas e situadas "faziam", de como pareciam e falavam e se portavam, de como ressentiam suas dores e seus prazeres, de como passavam as horas. Um tédio mortal parece transpirar das pedras e pairar como nuvens nos recantos escuros. Não é de surpreender que os homens apreciassem uma luta e suspirassem por uma briga. Os "quebra-crânios" eram suaves, os ouvidos ressoando com dor e as costelas quebrando-se numa peleja eram música reconfortante, em comparação com a cruel quietude do castelo de janelas sombrias. Quando voltavam, podiam apenas dormir bastante e aliviar os ossos deslocados em pequenas pranchas de carvalho. Depois acordavam, iam para a mesa e comiam sua porção de carneiro assado. Gritavam uns com os outros por sobre a mesa e arremessavam os pratos de madeira para os serviçais. Empurravam-se, esbarravam-se, apupavam-se e gabavam-se; e a seguir, depois de se empanturrarem, se embebedarem e afrouxarem o gibão, ajustavam um a um os cotovelos na mesa engordurada e enterravam neles suas cabeças machucadas, sonhando com um bom galope atrás de inimigos em fuga. E as mulheres? Deviam ser estranhamente simples – mais simples do que qualquer arqueólogo moral pode mostrar-nos em uma erudita reconstituição. Naturalmente, a simplicidade delas tinha suas graças e seus truques; mas pensamos com um suspiro que, na medida em que as pobres criaturas se afastavam com pacientes olhares das janelas desprovidas de vista para os mesmos, mesmos vultos nas paredes sombrias, não tinham nem sequer o consolo de saber que essa atitude e esse movimento, provocados por suas coifas pontudas, suas mangas caindo e caudas pesadamente torcidas, iriam plantar a semente de uma inveja ansiosa – nem sempre boa – por parte das gerações posteriores.

Há estados de espírito em que a pessoa sente impulso para um protesto tácito contra um interesse muito flagrante pela pura estética neste mundo de fome e pecado. Faz-se meia volta, pensativamente, em relação a certas belas coisas inúteis. Mas o estado de espírito mais saudável é não impor taxa sobre qualquer manifestação realmente inteligente do curioso e do refinado. A inteligência é essencialmente coerente, em todos os pontos; só necessita de tempo para fazer, como se diz, suas conexões. O *pastiche* maciço de Vincigliata não tem uso superficial, mas, mesmo que fosse menos completo, menos bem-sucedido, menos brilhante, eu sentiria uma ternura reflexiva por ele. Um brinquedo tão desinteressado e tão caro constitui sua própria justificação; tem a ver com os exageros do diletantismo.

III

Pode-se achar que a coleção de quadros do palácio Pitti é mais esplêndida do que interessante. Depois de andar por ela uma ou duas vezes, você pega o tom em que foi afinada – você sabe aquilo que provavelmente não encontrará num exame mais apurado; nenhuma das obras do período inflexível, nada dos gênios meio às apalpadelas do início, aqueles cujo colorido era às vezes rude e cujos contornos eram às vezes angulosos. Para mim é vago o princípio segundo o qual os quadros foram originalmente reunidos, e vago também o credo estético dos príncipes que na maior parte dos casos os selecionaram. Um credo de príncipe, diria eu grosseiramente – credo de pessoas que acreditavam nas coisas que apresentavam uma bela face para a sociedade; que apreciavam mais os resultados vistosos do que os processos curiosos, e que não teriam se preocupado mais em admitir em suas coleções uma obra de um dos laboriosos precursores do pleno florescimento do que com ver um balde e uma vassoura deixados num salão de recepção. O museu possui de fato cerca de oito ou dez pinturas da escola toscana antiga – em especial dois admiráveis trabalhos de Filippo Lippi e um dos frequentes quadros circulares do grande Botticelli – uma Madona, enregelada por um trágico pressentimento, apoiando sua face pálida contra a de um Menino estiolado. Uma mãe tão melancólica quanto essa de Botticelli teria estrangulado sua criança no berço para salvá-la do futuro. Mas de Botticelli há muito a dizer. Uma de Filippo Lippi talvez seja sua obra-prima – uma Madona num pequeno jardim de rosas (tal um "cercado florido" como William Morris gosta de frequentar), inclinando-se sobre um Menino que bate seus pequenos calcanhares humanos na grama, enquanto uma meia dúzia de anjos encaracolados se reúnem em torno dele, olhando para trás, por sobre os ombros, com o candor de crianças em *tableaux vivants*[70], e um deles joga, uma a uma, rosas de uma braçada sobre a criança. A deliciosa inocência terrena dessas crianças com asas é bastante inexpressiva. Suas cabeças estão voltadas para o espectador como se brincassem de carniça e esperassem um companheiro dar o salto. Nunca a arte "jovem", nunca a novidade subjetiva tentara com maior sucesso representar essas fases. Mas essas três obras excepcionais estão penduradas acima de portas, em uma escura sala dos fundos – o balde e a vassoura foram empurrados para trás de uma cortina. Parece-me, todavia, que um belo Filippo Lippi é companhia suficientemente boa para um Allori ou um Cigoli, e que essa Virgem profundamente sensível de Botticelli poderia felizmente equilibrar a irresponsabilidade (como que de uma flor) da *Madona da Cadeira* de Rafael.

Considerando-se a coleção Pitti, porém, simplesmente como o que ela pretende ser, ela nos dá a verdadeira flor do suntuoso, do elegante, do grão-ducal. É sobretudo arte oficial, pode-se dizer, mas apresenta o lado refinado do tipo – o brilho, a facilidade, a amplitude, a soberania do bom gosto. Concordo no todo com um companheiro incógnito e com o que ele recentemente observou sobre seu próprio humor nessas questões; que, tendo sido inteiramente crítico em seu primeiro contato com os quadros, e que considerava a lição incompleta e a oportunidade menosprezada se deixasse uma galeria sem uma dor de cabeça, ele viera, na medida em que envelhecia, a olhá-los mais como o mais grandioso dos gracejos e menos como a mais dedicada de todas as lições e a se lembrar de que, afinal, é privilégio da arte tornar-nos benévolos para com o espírito humano, e não desconfiados dele. À medida que envelhecemos, afrouxamos o arco crítico um pouco e acertamos uma trégua com as comparações invejosas. Livramo-nos do impulso juvenil para a participação acalorada e descobrimos que um produtor espontâneo não é suficientemente diferente de outro para fazer com que os Fados, que tudo sabem, não riam de nossos amores e nossas aversões. Percebemos certa solidariedade humana em todo esforço empenhado e estamos cônscios de um crescente ajustamento do juízo – uma disposição mais fácil, fruto da experiência, para considerar a piada pelo que ela vale. Temos, em suma, menos disputas com os mestres que não nos encantam

---

[70] Em francês no original, "quadros vivos", "cenas vivas". (N.T.)

e menos impulso para fixar toda nossa fé naqueles em que, em dias de maior entusiasmo, imaginamos que deciframos significados peculiares. Os significados não parecem mais tão peculiares. Desde então, chegamos a uns poucos, nas profundezas de nossos próprios dons, que não são sensivelmente menos impressionantes.

E no entanto é preciso acrescentar que tudo isso depende em grande parte do estado de espírito da pessoa – como ocorre em geral com as impressões de um viajante num tal grau que aqueles que as dão ao mundo seriam mais explícitos ao declará-lo. Temos nossos momentos de expansão e aqueles de contração, e no entanto enquanto seguimos a atividade do viajante vamos olhando e julgando com confiança inadaptada. Não podemos suspender o juízo; temos de tomar notas, e as notas são floreadas ou ranzinzas, conforme o caso. Há pouco tempo, passei uma semana em uma antiga cidade numa montanha, com uma disposição, pela qual eu não deveria ser culpado, que produz notas ranzinzas. Eu sabia disso à época, mas não podia evitá-lo. Passei por todos os movimentos da apreciação liberal; tirei o chapéu em todas as igrejas e, nos contrafortes maciços, apreciei, desconcertado, todas as vistas; mas minha imaginação, que no fundo, suponho, tinha muito boas razões e sabia perfeitamente do que se tratava, recusava-se a projetar na escura e antiga cidade e sobre as montanhas amarelas esse brilho solidário que forma metade da substância de nossas impressões favoráveis. Assim é que em museus e palácios somos alternadamente radicais e conservadores. Certos dias, só pedimos para ser de algum modo sensivelmente tocados; em outros, assombrados por Ruskin, para estarmos espiritualmente inabaláveis. Depois de uma longa ausência do palácio Pitti, voltei ali numa recente manhã e me transferi de cadeira para cadeira nos grandes salões de tetos dourados – as cadeiras são todas douradas e cobertas de seda desbotada – com o espírito para ser entretido a qualquer preço. Não preciso mencionar as coisas que me entretinham; bocejo agora quando penso em algumas delas. Mas um artista, por exemplo, a que meu mais gentil juízo fez permanentes concessões é esse encantador Andrea del Sarto. Quando o vi pela primeira vez, em minha fria juventude, eu costumava dizer sem afetação que não gostava dele. *Cet âge est sans pitié*[71]. Esse refinado

---

[71] Em francês no original, "essa idade é impiedosa". (N.T.)

pintor, humano, melancólico, agradável! Ele tem uma dúzia de problemas, e se você insiste de modo pedante em suas próprias razões, a palavra conclusiva que você usa a respeito dele será "fraco". Mas se você for uma alma generosa, você a pronunciará baixo – baixo como o suave e grave tom das harmonias buscadas por ele. É monótono, limitado, incompleto; só tem uma dúzia de figuras diferentes e apenas dois ou três modos de distribuí-las; parece capaz de expressar apenas metade de seu pensamento, e suas telas carecem aparentemente de algum retorno final a toda a matéria – algum processo para o qual seu impulso falhou antes que pudesse ser aplicado. Apesar dessas limitações, seu gênio é tanto de alto nível quanto iluminado pela atmosfera do grande período. Tinha em abundância três dons: uma graça instintiva, sem afetação, infalível; uma sobriedade ampla e rica, e no entanto com uma espécie de retraimento e indiferença; e o melhor de tudo, bem como o mais raro, uma indescritível propriedade de relação com o mundo moral. Não posso dizer se ele tinha ou não ciência da conexão, ou em que medida a tinha, mas ele dá, por assim dizer, o gosto dela. Diante de suas belas Madonas de expressão vaga; dos suaves, robustos e jovens santos que se ajoelham em seus primeiros planos e olham para você com uma consciente ansiedade que parece dizer que eles, embora no quadro, não fazem parte dele, mas de sua própria vida sensível de amor e cansaço misturados; dos imponentes apóstolos, com belas cabeças e harmoniosos trajes, que olham para a Virgem sentada no alto tal como antigos astrônomos para uma estrela recentemente vista – assim chega a você o pincel da asa escura de uma vida interior. Uma sombra recai no instante, e nela você sente o calafrio do sofrimento moral. Os Lippi sofriam, pai ou filho? Rafael sofria? Ticiano? Rubens sofria? Abandonemos esse pensamento – não seria bom para *nós* que tivessem tido tudo. E noto em nosso pobre Andrea, de segunda ordem, um elemento de interesse que falta em vários dos talentos mais vigorosos.

Intercalados com ele no Pitti estão pendurados os mais fortes e os mais fracos em esplêndida abundância. Rafael está ali, forte no retrato – fácil, vário, copioso gênio que era – e (forte aqui não é a palavra) feliz além do sonho comum em sua bela *Madona da cadeira*. O instinto geral da posteridade parece ter sido tratar esse adorável quadro como uma manifestação semissagrada, quase miraculosa. Diante dele as pessoas se postam em silêncio de adoração, como fariam diante de um santuário guarnecido de círios. Se, na imaginação, suspendermos à direita dele o sólido, realista e não idealizado retrato de Leão X (pendurado em outra sala) e transportarmos para a esquerda o afresco da Escola de Atenas do Vaticano, e depois refletirmos que essas eram três imaginações distintas de um único gênio jovem e cordial, reconheceremos que tal consciência produtora deve ter sido uma "sorte". Meu companheiro já citado diz que "não se preocupa com Rafael", mas confessa, quando pressionado, que era um jovem notável. Ticiano tem uma dúzia de retratos de interesse desigual. Até há pouco eu nunca havia notado de modo particular – está muito mal pendurada – essa grave imagem do Imperador Carlos V. Ele era um personagem mais corpulento e mais imponente do que como sua lenda usual o representa; e com suas grandes mangas bufantes, correntes douradas e sobrecasaca, parece falar de passos que podiam às vezes ressoar de modo inconveniente. Mas o *propósito* de ter seu modo próprio e de fazer valer sua vontade está ali – a grande preferência pelo direito divino, o antigo temperamento monárquico. Todavia, o grande Ticiano permanece, nos retratos, esse formidável jovem de negro, com a cabeça pequena e compacta, o delicado nariz e o irascível olho azul. Quem era ele? Que era ele? *"Ritratto virile"* é tudo o que o catálogo pode dizer sobre a pintura. "Viril!" Certamente!, você exclama de modo vulgar. Você pode tecer sobre ele a história que lhe agradar, mas seu sonho deve ser uma história. Belo, inteligente, desafiador, apaixonado, perigoso, não era culpa dele se tinha aventuras. Era um cavalheiro e um guerreiro, e suas aventuras se equilibravam entre o campo e a corte. Imagino-o jovem órfão de uma casa nobre, prestes a partir para propriedades hipotecadas. Ninguém teria pensado em ser seu tutor, obrigando-se a represões paternas uma vez por mês devido a seus contatos precoces com os judeus ou ao rapto escandaloso dessa ou daquela jovem nobre de um convento.

A galeria Pitti não possui nenhum dos Ticiano com grupos de tons dourados, mas ostenta uma maravilhosa composição de Paolo Veronese, o manipulador de tons de prata – um Batismo de Cristo. W. referiu-se a ele outro dia como o quadro que mais apreciava, e certamente a pintura parece aqui ter se proposto a desacreditar e aniquilar – mesmo na circunstância desse tema – tudo menos o encanto da vida. O quadro obscurece e enfraquece seus vizinhos. Perguntamo-nos se a pintura como tal pode ir além. É que simplesmente aqui por fim a arte está completa. Os antigos toscanos, bem como Leonardo, Rafael, Michelangelo, viam o grande espetáculo que os circundava em belos elementos e partes bem distintas. Os grandes venezianos sentiam sua indissolúvel unidade e reconheciam que forma e cor e terra e ar eram membros iguais de todo tema possível; e sob seu toque mágico os duros contornos se misturavam e os intervalos vazios ganhavam significado. Nesse belo Paolo Veronese do Pitti tudo é parte do encanto – a atmosfera, bem como as figuras, o aspecto da radiante manhã no céu com faixas brancas, bem como os membros humanos vivos, a roupa de um púrpura veneziano em torno dos quadris do Cristo, bem como a nobre humildade de sua atitude. A relação com a Natureza nas outras escolas italianas difere da relação da escola veneziana, tal como a corte – mesmo ardente – difere do casamento.

IV

Outro dia fui ao convento secularizado de San Marco, paguei meu franco na pequena portinhola profana que rangia na entrada – não menos do que seis guardiães, aparentemente, são necessários para girá-la, como se ela pudesse ter uma consciência recusadora –, passei pelo claro e silencioso claustro e prestei meu tributo à Crucificação de Fra Angélico, nessa sombria sala do térreo. Olhei por muito tempo; não se pode fazer outra coisa. O afresco lida com o patético na escala grandiosa, e depois de perceber sua beleza, você se sente com tão pouca liberdade para se afastar abruptamente como sentiria para deixar a igreja durante o sermão. Você pode ser tão muito menos cristão formal do que Fra Angélico, no entanto se sente admoestado pela decência espiritual a deixar uma visão tão ardorosa da história do cristianismo exercer sua mais funda vontade sobre você. As três cruzes se erguem contra um estranho céu completamente vermelho, que aprofunda de modo misterioso a trágica expressão da cena, embora eu permaneça forçosamente vago quanto a esse lúgubre fundo ser um refinado exemplo intencional de simbolismo ou um acidente efetivo do tempo. No primeiro caso, tem-se um triunfo da extravagância. Entre as cruzes, sem qualquer grande rigor de composição, estão espalhados os mais exemplares santos – ajoelhados, rezando, chorando, lamentando, adorando. O desfalecimento da Madona é retratado à esquerda, e isso dá às presenças santas, pelas circunstâncias, o mais estranho ar histórico ou presente. Tudo é tão real, que você sente uma vaga impaciência, e quase se pergunta como era possível que o Senhor sofresse no meio do exército de seus servidores consagrados. Depois de refletir, você vê que o projeto do pintor, por mais coerente que fosse, era simplesmente o de oferecer uma imensa representação da Piedade, e tudo com uma tal verdade concentrada, que suas cores aqui parecem dissolver-se em lágrimas que caem, ainda que suavemente, todo o tempo. Os personagens são admiravelmente expressivos dessa consciência única e ardente. Nenhum pintor posterior chegou a transmitir com força mais profunda que a de Fra Angélico o estado de espírito que ele pôde conceber: uma ternura apaixonada e piedosa. Fechado em seu tranquilo convento, ele aparentemente nunca recebeu uma impressão inteligível do mal; e sua concepção da vida humana era uma sensação permanente de amar e ser amado sacrossantamente. Mas como, fechado em seu tranquilo convento, distante das ruas e dos ateliês, ele se tornou esse pintor genuíno, acabado, perfeitamente profissional? Ninguém é menos um mero amador insípido. Seu espectro era amplo, desse afresco realmente heroico aos pequenos serafins tocando trombetas, com seus trajes de opalina, esmaltados, por assim dizer, nas margens douradas de seus quadros.

    Deixei o sermão e saí, espero, com a amável bênção do pregador. Fui ao pequeno refeitório, próximo, para avivar minha lembrança da bela *Última Ceia* de Domenico Ghirlandaio. Seria apresentar de modo grosseiro as coisas dizer que passei de um sermão para uma comédia, embora o tema de Ghirlandaio, em oposição ao tema sagrado de Angélico, fosse o lado espetacular e dramático da vida humana. Com que acuidade ele o observava e com que riqueza o representava, o mundo, a seu redor, de cores e de maneiras, de belas pessoas e de grupos pictóricos! Em sua admirável escola, não há pintor que apreciemos – com a vênia de Ruskin! – mais sociável e livremente. Filippo Lippi é mais simples, mais singular, mais francamente expressivo, mas mantemos diante dele um resquício de desconforto compreensivo provocado pelos mestres cujas concepções eram ainda um tanto amplas demais para seus meios. A visão pictórica em seus espíritos parece estirar e forçar sua habilidade não desenvolvida quase até uma noção de dor. Em Ghirlandaio a habilidade e a imaginação são iguais, e ele nos dá uma deliciosa impressão de se regozijar com seus próprios recursos. De todos os pintores de sua época, é o que menos nos dá a impressão de não ser de nosso tempo. Ele apreciava um manto vermelho abrindo-se e caindo em curiosas dobras e bordado em dourado, assim como apreciava uma bela cabeça bem torneada, com cachos vigorosos e escuros, de perfil, em cortês adoração. Apreciava, em suma, a realidade vária das coisas, e teve a boa fortuna de viver em uma época em que a realidade florescia em milhares de graças alegres – para falar apenas dessas. Não tinha predileção por fazer sugestões espirituais; no entanto, como parecem duros e secos os realistas professos e acabados de nossa própria época, deixada de lado a *bonhomie*[72], ou candor espiritual, que constitui metade da riqueza de Ghirlandaio! A *Última Ceia* em San Marco é um excelente exemplo da reverência natural de um artista dessa época em quem a reverência não era, por assim dizer, uma especialidade. Em seu caso, a ideia principal foi a variedade, a ousadia material e o encanto claramente social da cena, que encontra expressão, com incontida generosidade, nos acessórios do fundo. Instintivamente ele imagina um jardim opulento – imagina-o com uma boa fé que o faz passar por sobre a reflexão de que Cristo e seus discípulos eram homens pobres e sem o hábito de fazer refeições em palácios. Grandes laranjeiras carregadas olham por cima do muro diante do qual a mesa está posta, estranhos pássaros voam pelo ar, enquanto um pavão se encarapita na beira da parede e olha para baixo em direção ao repasto sagrado. É digno de nota que, sem qualquer propósito religioso intenso, as figuras, em sua variada naturalidade, têm uma dignidade e uma suavidade de atitude que admitem incontáveis elaborações reverentes. Eu consideraria tudo isso como a feliz habilidade de uma fé robusta.

No entanto, na escadaria que leva às pequenas celas pintadas pelo Beato Angélico, subitamente vacilei e parei. De algum modo tornei-me avesso ao zelo mais intenso do Monge de Fiesole. Eu não queria mais dele nesse dia. Eu não queria saber mais de frades macerados e flancos feridos por lanças. O modo elegante como Ghirlandaio contava sua história deixara-me num estado mais propício

---

[72] Em francês no original, "bonomia". (N.T.)

a algo mais amplamente inteligente, mais profanamente agradável. Saí, atravessei a praça, e encontrei-o na Academia, postando-me em determinado ponto e olhando para determinado quadro pendurado alto. É difícil falar adequadamente, talvez mesmo inteligivelmente, de Sandro Botticelli. Um crítico consumado – o sr. Pater, em seus *Estudos sobre a história da Renascença* – prestou-lhe recentemente o tributo de uma refinada, suprema curiosidade. Botticelli era a raridade e a distinção encarnadas, e de todos os muitos mestres de seu grupo era incomparavelmente o mais interessante, o único que mais nos prende e nos perturba e nos fascina. Requintadamente fino em sua imaginação – infinitamente audacioso e aventuroso na imaginação. É único entre os pintores de sua época a nos impressionar pela invenção. O fulgor e o frêmito da observação expandida – essa era a percepção que levava seus companheiros aos cavaletes, mas a de Botticelli o levava a reações e emoções de que eles nada sabiam, fazia com que sua faculdade se entretivesse e perambulasse e investigasse por conta própria. Esses impulsos têm frutos com frequência tão engenhosos e tão encantadores, que seria fácil falar de modo insensato sobre eles. Espero, porém, que não seja insensato dizer que o quadro a que há pouco aludi (a *Coroação da Virgem*, com um grupo de santos em tamanho natural embaixo e uma guirlanda de anjos em miniatura acima) é uma das produções supremamente belas do espírito humano. Está pendurado tão no alto, que você precisa de uma boa luneta para vê-lo; para nada dizer da delicadeza sem precedentes da obra. A metade inferior é de interesse moderado, mas a dança de anjos de mãos dadas em torno do par celeste, acima, tem uma beleza recentemente exalada das fontes mais profundas da inspiração. Suas pequeninas mãos, perfeitas, estão unidas com inefável elegância; seus trajes enfunados são agitados em dobras de que cada linha é um estudo; seus encantadores pés têm o relevo da mais delicada escultura. Mas, como eu já havia observado, de Botticelli há mais, muito mais a dizer – mesmo que o sr. Pater tenha dito tudo. Acrescente-se apenas à sua inimitável graça do desenho que a refinada força pictórica que o impulsiona colhe flores não em percursos erradios próprios, mas naqueles de alguma superstição mística que freme para sempre em seu coração.

V

Quanto mais olho para a antiga arquitetura doméstica florentina, mais gosto dela – pelo menos a dos grandes exemplos; e se algum dia eu fosse capaz de construir uma casa senhorial para lazer, não vejo como, em plena consciência, eu poderia construí-la diferente dessas. São sombrias e sisudas, e parecem um pouco como se fossem destinadas a manter as pessoas fora, e não dentro delas; mas que tipo igualmente "importante" – se há um igualmente importante – é mais expressivo da dignidade e da segurança dos lares e ainda as atesta com uma mais refinada economia estética? São marcantemente "vistosas', e ainda levadas a sê-lo pelos mais simples meios. Não digo que ao menor custo pecuniário – esta é uma outra questão. Há dinheiro enterrado nas espessas paredes e espalhado pelo excesso ressoante de espaço. Os nobres mercantes do século XV tinham bolsos fundos e cheios, suponho, embora os atuais portadores de seus nomes fiquem felizes em alugar seus palácios em sequências de apartamentos que são ocupados pela aristocracia comercial de outra república. Fala-se de belos e antigos cômodos em mau estado cuja posse seria usufruída por uma soma que não vale a pena mencionar. Receio que por trás dessas fachadas tão gravemente harmoniosas haja uma boa dose de sombrio desconforto, e falo agora simplesmente dos grandes e sérios rostos tal como você os pode ver da rua; veja-os um ao lado do outro na cinza luz histórica da Via dei Bardi, da Via Maggio, da Via degli Albizzi. A força de caráter, a severidade e a majestade familiares dependem de uns poucos aspectos simples, das grandes janelas gradeadas do térreo de pedras grosseiramente talhadas; do nobre trecho entre o topo curvo de uma alta janela e a base da que está acima; do brasão esculpido, pendurado no alto, na esquina do prédio; do teto plano e saliente; e finalmente da magnífica dimensão do prédio, que assim apequena todas as nossas tentativas modernas de tamanho. Os mais belos desses palácios florentinos são, imagino eu, as mais altas habitações da Europa que são franca e amplamente habitações – e não meros poços para a máquina do tipo americano de elevador de silos. Algumas das criações de Haussmann, em Paris, podem erguer-se mais ou menos à mesma altura, mas há toda a diferença do mundo entre a impressão de um prédio que tira o fôlego, por assim dizer, umas seis ou sete vezes, de andar em andar, e a de um que se ergue a igual altura em três prolongadas pulsações. Quando uma casa tem a largura de dez janelas e seu andar nobre é tão alto quanto uma capela, ela só pode permitir-se ter três andares. A amplidão de alguns desses antigos salões é a de uma estepe russa. O "círculo familiar", reunido em qualquer lugar ao alcance da voz, deve parecer um grupo de peregrinos acampado no deserto em um pequeno oásis de tapete. Madame Gryzanowska, que vive no alto de uma casa do velho, sombrio e tortuoso Borgo Pinti, iniciou-me certa noite, muito amavelmente, com a lâmpada na mão, nos mistérios longínquos de seu apartamento. Esses aposentos parecem a tradução no espaço da ideia antiquada do lazer. Lazer e "espaço" saíram juntos de nossos costumes, mas aqui e ali, numa construção mais resistente, o último fica e sobrevive.

Aqui e ali, nessa abençoada Itália, relutantemente moderna a despeito tanto de ostentações quanto de lamentações, ele parece ter sido preservado em nome da curiosidade e da imaginação, com um vago e adocicado odor das fragrâncias do embalsamador. Uma manhã fui ao palácio Corsini. Os proprietários obviamente são pessoas importantes. Um dos ornamentos de Roma é seu grande palácio de fachada branca no sombrio Trastevere e sua imensa galeria, deleitável apesar da pobreza dos quadros. Aqui eles têm um palácio no Arno, com outra grande, bela, respeitável e sobretudo desinteressante coleção. Possui de fato três ou quatro belos exemplos dos antigos florentinos. Todavia, não foi em especial pelos quadros que fui; e certamente não foi pelos quadros que fiquei. Eu estava sob o mesmo encanto que o inveterado companheiro com quem outro dia passeei pelos belos apartamentos privados do palácio Pitti e que disse: "Suponho que me importo com a natureza, e sei que houve época em que considerei como o maior prazer da vida deitar sob uma árvore e olhar para as montanhas azuis. Mas agora deitei-me neste desbotado sofá de cetim verde-mar e olhei através da porta aberta para a vista em recuo de cômodos ornamentados, desertos, assombrados. Em outras palavras, prefiro um bom 'interior' a uma boa paisagem. A impressão tem maior intensidade – a própria coisa uma animação mais complexa. Gosto de belos e antigos cômodos que foram ocupados de uma bela e antiga maneira. Gosto das tapeçarias mofadas, das quinquilharias antiquadas, da visão pelas altas janelas de vãos largos para os ciprestes do jardim que balançam contra um céu cinza. Se você não sabe a razão de meu receio, não posso dizê-lo a você". Parecia-me no Palazzo Corsini que eu sabia o por quê. Em lugares em que se viveu por tanto tempo e tão intensamente e num antigo modo tão belo, como meu amigo disse – ou seja, em condições sociais tão múltiplas e tão curiosas num sentido comparativamente carente e democrático –, o passado parece ter deixado um depósito sensível, um aroma, uma atmosfera. Essa presença fantasmática não lhe conta segredos, mas o incentiva a tentar adivinhar alguns. O que foi feito e dito aqui ao longo de tantos anos, o que se ousou ou se sofreu, o que se sonhou ou do que se perdeu a esperança? Adivinhe o enigma se puder, ou se achar que ele vale sua engenhosidade. Os cômodos do Palazzo Corsini sugerem, e parecem lembrar, apenas uma monotonia de paz e plenitude. Um deles refletia uma perfeição tão nobre de uma cena doméstica, que fui ficando ali até que o velho guardião voltou arrastando os pés para ver se possivelmente eu estava tentando esconder um Caravaggio comigo: uma grande sala de recepção revestida de vermelho, das mais amplas proporções e mesmo assim encantadora; paredes em que pendiam grandes quadros escuros, um grande teto côncavo com afrescos e ornamentado com sombria riqueza, e uma meia dúzia de janelas voltadas para o sul que davam sobre o Arno, cujo curso ondulante e amarelo refletia a luz em uma alegre vibração. Receio que em minha apreciação do efeito particular assim alcançado eu tenha expressado uma monstruosa tolice – algum desejo momentâneo de ficar estropiado ou inválido por toda a vida, se eu a pudesse passar em tal lugar. De fato, metade do prazer de habitar esse espaçoso salão seria o de usar as pernas, de passear para lá e para cá pelas janelas, uma a uma, e fazer digressivas viagens de ponto a ponto e recanto a recanto. Perto há um colossal salão de baile, com uma abóbada e pilastras como uma catedral renascentista, e abundantemente ornamentada com efígies de mármore, todas amarelas e cinza graças aos anos.

VI

No mosteiro cartuxo, fora da Porta Romana, embora mutilado e profanado, pode-se ainda sentir o perfume, mesmo que rançoso, do antigo catolicismo e da antiga Itália. O caminho até ele é feio, sendo obstruído por carroças populares e margeado por casas que sugerem um subúrbio irlandês-americano. Você começa a se interessar quando começa a ver o convento encarapitado em sua pequena montanha, alçado contra o céu, em torno do campanário de sua maravilhosa capela, uma grinalda de celas agrupadas. Você segue até o portão embaixo, através de um aglomerado implorante de mendigos deformados que confiam a você seus tocos de membros, e você sobe a íngreme colina através de uma plantação em mau estado que seria correto imaginar era mais bem cuidada na época dos monges. Estes não estão totalmente abolidos, pois o governo teve a graça de esperar a extinção natural da meia dúzia de velhos irmãos que restam, e que arrastam os pés tenazmente pelos claustros, parecendo, com seus hábitos brancos e seus rostos pálidos, inexpressivos, velhos, fantasmas antecipatórios deles próprios no futuro. Todavia, o guardião que o atende é um velho prosaico e profano, de paletó e calças. Os frades melancólicos não têm nem mesmo o privilégio de fazer-lhe as honras de sua desonra. É preciso imaginar o efeito patético de suas antigas apresentações silenciosas deste ou daquele tesouro conventual, sob a pressão do sentimento de que tais apresentações se reduziam em número. O convento é vasto e irregular – está cheio dessas artes e desses acidentes que criam imagens percebidas enquanto a pessoa vai passando devagar, mas que na Itália a memória sobrecarregada aprende a transformar em imagens amplamente gerais. Deploro sua posição nas portas de uma cidade movimentada – deveria estar localizado em alguma dobra isolada dos Apeninos. E no entanto olhar do sombrio pórtico de uma das tranquilas celas para o fervilhante vale do Arno e os grupos de torres de Florença deve ter aprofundado a noção de quietude monástica.

A capela, ou antes a igreja, que é de grandes proporções e desenhada por Andrea Orcagna, o pintor primitivo, refina o tipo consagrado ou mesmo o glorifica. O maciço cinturão de escuras estalas esculpidas, o sombrio teto gótico, os quadros de tons profundos pendurados alto e o soberbo piso de mármore verde antigo e vermelho escuro, polido ao ponto de refletir as luzes, devem dar relevo altamente romântico às figuras vestidas de branco dos frades reunidos. Todo esse luxo de adoração não tem em parte alguma o mesmo valor que nas capelas de mosteiros, onde o encontramos em contraste com a economia tão ascética dos fiéis. As pinturas e os douramentos de sua igreja, os mármores com brilho de pedra preciosa e os fantásticos entalhes são realmente apenas o tributo monástico ao prazer sensual – uma necessidade imperiosa para a qual a imaginação apaixonada de Roma abriu oficiosamente a porta. Sorrimos ao pensar na amplitude com que um fino sentido sedento de coisas terrenas proibidas, se tirar o melhor de suas oportunidades, pode satisfazer sua necessidade sob o disfarce da piedade. Nada é muito baixo, muito duro, muito sórdido, para a real humildade, mas nada muito elegante, muito amável, muito acariciador, acariciado, acariciável, para a exaltação da fé. Quanto mais pobre a cela conventual, mais rica a capela do convento. Deixando a pobreza e a solidão, e a inanição e o frio, seu digno frade pode elevar-se à vontade até um Paraíso maometano de luxuriosas analogias.

Há ainda vários sombrios oratórios subterrâneos onde muitos maus quadros competem timidamente com uma amigável penumbra. Todavia, duas ou três dessas abóbadas fúnebres merecem menção. Numa delas, lado a lado, esculpidas por Donatello em baixo relevo, estão as efígies de mármore branco dos três membros da família Accaiuoli que fundaram o convento no século XIII. Em outra, repousa de costas, no piso, um severo e velho bispo da mesma robusta raça, obra do mesmo respeitável artífice. Ele é terrivelmente severo e carrancudo, como se em seu sono de pedra ainda sonhasse com seus ódios e suas duras ambições. Por fim, mas o melhor, em outra capela baixa, tendo como leito o pavimento em que se pisa, cintila fracamente uma grandiosa imagem de um bispo posterior – Leonardo Buonafede, que, morto em 1545, deve seu monumento a Francesco di San Gallo. Vi pouca coisa das mãos desse artista, mas ele era claramente dos mais habilidosos. Seu modelo aqui era um velho prelado muito robusto, embora eu pudesse dizer que se tratava de um velho muito agradável. O escultor respeitou sua feiura monumental, mas lhe insuflou um singular encanto caseiro – um aspecto de confessado bem-estar físico no privilégio do paraíso. Todas essas figuras têm uma realidade inimitável, e seu mármore como que vivo parece uma encarnação tão incorruptível do espírito do lugar, que você começa a pensar que é ainda mais negligente que cruel da parte dos poderes públicos atuais ter começado a derrubar o edifício, para falar em termos morais, sob sua responsabilidade. Ainda repousam tranquilos, mas, quando o último velho frade morrer e o convento formalmente acabar, não se levantarão em suas velhas pernas enrijecidas, e irão mancando até as portas, e bradarão anátemas diante dos quais até mesmo um regime futuro e mais empreendedor pode dispor-se a parar?

Fora do grande claustro central abrem-se as modestas e pequenas moradias separadas dos padres ausentes. Quando eu disse há pouco que a Certosa no Val d'Ema lhe dá uma ideia da antiga Itália, eu estava pensando nesse grande quadrilátero com pilastras, metade ao sol e metade na sombra, no frondoso e emaranhado jardim no centro, cercando o antigo poço habitual, e no intenso céu azul que se inclina sobre ele, para nada dizer do indispensável velho monge de traje branco que remexe entre alfaces e salsas. Vimos lugares desse tipo antes; visitamo-los graças a esse vislumbre divinatório que por um momento desvia para o espaço por cima de um livro sugestivo. Não sei se é mais ou menos como a fantasia de alguém consideraria que as celas monásticas não são celas, mas pequenos *appartements complets*[73], muito arrumados, consistindo em dois cômodos, uma sala de estar e uma espaçosa *loggia*, que se projeta no espaço, para fora da parede do mosteiro (a qual parece um penhasco) e abarca de um extremo a outro a mais bela vista do mundo. É, todavia, trabalho precário tomar notas sobre vistas, e deixarei esta passar. Os pequenos cômodos são terrivelmente frios e mofados agora. Seu cheiro e sua atmosfera são como o que imaginávamos, quando crianças, que seriam os da sala de aula no sábado e no domingo.

VII

Nas ruas romanas, para onde quer que você se volte, a fachada de uma igreja em resplandecência mais ou menos degenerada é o principal aspecto da cena; e se, na ausência de motivos mais puros, você está cansado da caminhada estética pela ondulada superfície das Sete Colinas, um sistema de pavimentação em que são empregadas apenas pequenas pedras anomalamente dotadas de quinas e arestas, você pode desviar-se a seu gosto e aspirar o revivificador e forte perfume do incenso. Em Florença, como logo se observa, as igrejas são relativamente poucas, e as sombrias fachadas das casas, mais raramente interrompidas por exemplos dessa extraordinária arquitetura que em Roma passa por sagrada. Em Florença, em outras palavras, o eclesiastismo é uma mercadoria menos barata e não é fornecida com a

---

[73] Em francês no original, "apartamentos completos". (N.T.)

mesma abundância nas esquinas. Espero, ao mesmo tempo, que eu não pareça subestimar as igrejas romanas, que são na maior parte tesouros de história, de curiosidade, de interesses variados e sugestivos. É fato, todavia, que, depois de São Pedro, só conheço uma igreja realmente bela na margem do Tibre, a encantadora basílica de Santa Maria Maior. Muitas têm uma estrutura com caráter, algumas uma grande *allure*[74], mas via de regra todas carecem da dignidade dos melhores templos florentinos. Aqui, sendo a lista incomensuravelmente menor e a semente menos espalhada, as principais igrejas são todas belas. E no entanto fui à Annunziata outro dia e sentei-me por meia hora, porque, por certo, os douramentos e os mármores e a abóbada com afrescos e o grande relicário rococó perto da porta, com seu pequeno fetiche negro com joias, lembravam-me pungentemente Roma. Tal é a cidade adequadamente intitulada eterna – já que é eterna, pelo menos, no tocante à consciência do indivíduo. Gostamos dela em sua sofisticação – embora nesse aspecto não seja ela de fato uma rica e preciosa sofisticação? – mais do que de outros lugares em sua pureza.

Saindo da Annunziata, você olha a estátua em bronze do Grão-Duque Ferdinando I (que a heroína de Browning – no poema "The Statue and the Bust" – olhava do palácio vermelho próximo) e a seguir a vista de uma rua encantadoramente peculiar. A rua é estreita, escura e cheia de sombras brumosas, e em seu extremo oposto ergue-se o lado com cores brilhantes da Catedral. Apresenta-se do mesmo modo montanhoso que a massa que brilha ao longe do maior prodígio de Milão, de que você tem sua primeira visão quando sai do hotel, geralmente através de outra via assim escura; só que, se falamos de montanhas, as paredes brancas de Milão devem ser comparadas com neve e gelo desde sua base, enquanto as do Duomo de Florença podem ser a imagem de algum flanco maciço esmaltado com flores desabrochadas. O interior, vasto e árido, tem aqui uma majestade nua e, embora possa de início não produzir efeito, torna-se depois de uns momentos extraordinariamente emocionante. Inicialmente desconcertante, logo me inspirou paixão. Do lado de fora, em todo caso, é uma das obras mais maravilhosas da mão do homem e uma prova esmagadora, além do mais, de que,

---

[74] Em francês no original, "comportamento", "atitude", "maneira de se apresentar". (N.T.)

quando a elegância despreza a grandiosidade, é simplesmente porque o artista era inepto.

Santa Croce, em seu interior, não somente triunfa aqui, mas triunfaria quase em qualquer lugar. "Um pouco nu, se assim quiser", diz meu irreprimível companheiro, "mas é o que chamo de arquitetura, assim como não chamo de escultura (a não ser sob pressão urgente da realização de um retrato) trajes de bronze e de mármore." E certamente aqui estamos longe desses acúmulos de coisas avulsas tomadas de empréstimo a todas as artes e a todos os campos sem as quais um prédio com função ritual não confia que seu fascínio funcione em Roma. A amplidão, a luminosidade, o impulso aberto dos arcos em Santa Croce, a bela forma do coro alto e estreito, a impressão dada de massa sem peso e a gravidade que porém reina sem penumbra – esses são meus encantos frequentes, e o interesse cresce com a familiaridade. O local é o grande Valhalla florentino, a morada final ou o porto comemorativo dos mortos ilustres e locais, mas falar dele me levaria longe. Deve-se confessar, ademais, que, entre sua estátua, do lado de fora, de imaginação grosseira, e seu horrível monumento em uma das alas, o autor da *Divina Comédia*, por exemplo, é, nesse lugar, uma figura extravagante. "Ingrata Florença!" – declama Byron. Ingrata, é verdade – e poderia ser ainda mais!, o espírito impressionável do grande exilado ainda pode estar suficientemente consciente para exclamar com a maioria dos outros imortais sacrificados em grande escala à usual facilidade "plástica" florentina. Para explicar essa observação, porém, devo limitar-me a notar que, como quase todos os antigos monumentos em Santa Croce são pequenos, comparativamente pequenos, interessantes e belos, os modernos, quase sem exceção, são desproporcionalmente vastos e pomposos, ou em outras palavras aflitivamente vagos e vãos. A aptidão da mão, a segurança de composição, com que tais coisas são todavia produzidas, constitui uma anomalia repleta de sugestão para um observador do estado atual das artes no solo e no ar que no passado as favoreceu, em conjunto, como até mesmo o solo e o ar da Grécia não chegaram a fazer. Mas, quanto a esse assunto, repito, haveria muito a dizer; e vejo-me impedido pela mesma advertência no limiar da igreja em Florença, que é realmente mais interessante que a Santa Croce, que todas as outras. Tal, natural e facilmente, é Santa Maria Novella, cujas capelas são recobertas com maravilhosos afrescos cheios de figuras e pessoas, até mesmo mais que os de Roma com suas preciosas substâncias inanimadas. Esses assinalados recessos de devoção, tão sombrios, alguns deles, quanto cavernas de eremitas cheias de importunas visões, mantiveram-me dividido todo o inverno entre o amor por Ghirlandaio e o temor desses germes de catarro a que seu frêmito moral parece propício mesmo com a primavera avançada. Então cesso aqui a apreciação desse delicioso pintor – em relação ao espírito de seu trabalho, as reflexões que já fiz são apenas confirmadas por esses exemplos. No coro de Santa Maria Novella, onde o incenso oscila e os cantos grandiosos ressoam, entre a bela janela colorida e o altar-mor enfeitado, ele ainda "participa", com todo seu vigor, do mundo perverso e divertido, o mundo de rostos e formas e personagens, de todo tipo de coisa humana curiosa e material raro.

VIII

Sempre achei os jardins de Boboli encantadores o suficiente para que eu os "assombrasse"; e no entanto tal é o interesse de Florença em cada parte da cidade que foi preciso tomar outro *corso* do mesmo padrão barato que o último para ontem me fazer escapar das ruas cheias, seguir sob a arcada do palácio Pitti, que quase podia ser o portão de uma cidade etrusca, a fim de que pudesse passar a tarde entre as estátuas em mau estado que se integram com suas telas de ciprestes, dando para nossas torres agrupadas e nosso fundo de montanhas de azul pálido vagamente marcadas por *villas* brancas. Essa área de lazer do austero prédio Pitti, com seu incoerente encanto por ser tão grosseiramente talhado e no entanto, de algum modo, tão elegantemente equilibrado, defende com voz própria a causa geral da ampla reserva privada fechada, plantada, cultivada – reserva de tranquilidade, beleza e imunidade – no coração de uma cidade; causa, neste caso, concordo, fácil de defender em qualquer lugar, uma vez achado o pretexto e instalado o grande e tranquilo jardim da cidade, com o vago zumbido dos limites relutantes em torno dele, mas com tudo de pior excluído, sendo naturalmente a coisa mais insolentemente agradável do mundo. Além disso, quando o jardim é à maneira italiana, com a clara omissão de flores, como se fosse algo muito frágil, fácil e trivial, e sem gramados que sejam muito vistosos, caminhos que sejam com muita frequência varridos e arbustos que sejam muito cuidadosamente aparados, embora com um formalismo imaginativo que dê estilo a seu mau estado, e aqui e ali um sombrio caminho de azevinhos, e aqui e ali uma fonte seca, e por toda parte alguma escultura mofada olhando para você de dentro de uma alcova verde, e acima de tudo, bem no lugar certo, um anfiteatro gramado, tendo atrás uma cortina de ciprestes negros e descendo pela encosta com degraus de mármore musguento – quando o lugar tem essas atrações, e você fica ali numa tarde de domingo, o espetáculo mais vivo das ruas tendo feito com que seus companheiros de descanso fossem poucos e tendo deixado você entregue à profunda tranquilidade e às sombrias vistas que o levam não se sabe aonde, tendo deixado você com a insidiosa e irresistível mistura de natureza e arte, mas sem nada em demasia de cada uma, somente uma suprema e feliz resultante, um divino *tertium quid*[75]: nessas condições, há pouco a ser dito, a revelação invocada desce sobre você.

Os Jardins de Boboli não são grandes – você se pergunta como a pequena e compacta Florença encontra espaço para eles dentro de seus muros. Estão, porém, espalhados, para sua vantagem e felicidade extremas e totalmente românticas, por um grupo de ondulações íngremes entre, de um lado, o palácio austero, disposto em diferentes níveis, e, de outro, um trecho ainda sobrevivente do muro da cidade, e a irregularidade do terreno contribui em muito para sua dimensão aparente. Você pode cultivar neles a imaginação de seu caráter solene e assombrado, de algo desmaiado e pálido, por assim dizer, trágico, com seu sorriso prescrito, funcional, como se tomassem de empréstimo ao grande monumento que sobrepaira a eles algumas de suas graves lembranças e pesares. Essa direção está aberta para você, mas não é imposta, e sem dúvida não lhe surgirá de modo algum se não for seu hábito, apreciado acima de tudo o mais, fiar suas impressões até a mais extrema tenuidade. Pensando bem, devo sempre ter andado aqui nos dias cinza e melancólicos. É verdade de qualquer modo que o lugar não tem, graças a Deus – ou pelo menos

---

[75] Expressão latina que se refere a um terceiro elemento indefinido relacionado com dois outros definidos, mas distinto de ambos. (N.T.)

graças ao *gosto* grave, infinitamente distinto e tradicional de Florença –, qualquer objeto alegre e trivial, nem canteiros, nem pagodes, nem pavões, nem cisnes. Têm seu famoso anfiteatro, já referido, com degraus ou bancos de pedra de um aspecto totalmente envelhecido e manchado, e seu muro circular de sempre-verdes por trás, em que há pequenas imagens e vasos quebrados, coisas que, por associação, e segundo a lei do indefinível, podem em certa ocasião favorecer uma refinada dignidade, assim como em outra podem não favorecer nada (para dizê-lo gentilmente). Algo ocorreu certa vez nesse encantado e desamparado círculo – ocorreu ou foi planejado para ocorrer; o que era, estátuas mudas, que o viam com seus olhos vazios? Do lado oposto, fica o imenso palácio de telhado plano, que estende para frente dois grandes braços retangulares e parece, com as janelas fechadas e as fundações de rocha quase não trabalhada, o fantasma de uma amostra de uma Babilônia mais rude. No amplo espaço entre as alas, semelhante a um pátio, encontra-se a bela e antiga fonte de mármore branco que nunca funciona. Sua ociosidade seca completa o ar geral de abandono. Ao encontrar tal conjunto de objetos na Itália – e olhar para eles sob certa luz e certo estado de espírito –, apreendo (talvez em termos muito fáceis, você pode pensar) uma noção de *história* que tira meu fôlego. Gerações de Medici ficaram nessas janelas fechadas, com bordados e brocados segundo as épocas, e realizaram *fêtes champêtres*[76] e jogos florais no gramado, abaixo do hemiciclo deteriorado. E os Medici eram grandes pessoas! Mas o que resta de tudo agora é um mero tom do ar, um suspiro desmaiado da brisa, uma vaga expressão das coisas, uma disponibilidade passiva – ou diga-se, talvez, para ser justo, envergonhadamente, pateticamente sensível – à ansiosa suposição. Considere-se que seja muito ou pouco do caráter indelével dessa profunda marca da experiência, trata-se do interesse de antigos lugares e da sedução do analista meditativo. O tempo devorou os criadores e suas criações, mas algum efeito da passagem deles ainda persiste. Podemos "dispor" parques em solo virgem e enchê-los com as mais caras importações, mas infelizmente não podemos espalhar de novo pelo exterior essa semente da eventual alma humana de um lugar – que só germina em seu tempo e demora muito para crescer. Não há nada igual, quando ela *germina*.

---

[76] Em francês no original, "festas campestres". (N.T.)

Este livro foi composto com tipografia Bembo e impresso
em papel Pólen Bold 90 g/m² na Gráfica Paulinelli.